술 마시고
스텝업

술 마시고 스텟업 6권

초판1쇄 펴냄 | 2018년 09월 10일

지은이 | 홍우진
발행인 | 성열관

펴낸곳 | 어울림 출판사
출판등록 / 2009년 1월 23일 제313-2009-12호
주소 / 경기도 고양시 일산동구 장항동 731 동하넥서스빌딩 307호
TEL / 031-919-0122
FAX / 031-919-0127
E-mail / 5ullim@hanmail.net

값 8,000원

ISBN 978-89-992-5069-9 (04810)
ISBN 978-89-992-4824-5 (SET)

ULIM MODERN FANTASY
술 마시고
홍우진 현대판타지 장편소설
6
스텟업
어울림

목차

술 마시고
스텝업

각성

사천성에 도착한 우주와 UN그룹의 초이스들은 시간을 지체하지 않고 바로 사천 당가로 향했다. '큐어' 마법을 쓰면 그래도 어느 정도 독을 정화할 수 있을 것이라고 생각했기 때문이다.

테리우스가 왜 독을 풀었는지 이유는 모르겠지만 이대로 가만히 있으면 사천은 지옥이 될 것이다. 우주는 더 이상의 피해를 막기 위해서 열심히 달려가고 있었다.

"멈춰. 모두 숨 쉬지마!"

사천 당가에 도착하기도 전에 우주는 공기 중에 독이 섞여 있다는 것을 눈치채고 소리쳤다.

"큐어(Cure)."

일단 독을 정화하는 것이 먼저라고 생각한 우주가 '큐어' 마법을 이용해서 독을 정화시켰다. 독이 정화되자 우주는 주변에 독물들이 가득한 것을 느낄 수 있었다.

독이 퍼져 있을 때는 느끼지 못했는데, 공기 중의 독이 사라지자 독물들이 가지고 있는 독이 눈에 띄었다. 근처에 테리우스가 있을 수도 있었다.

"일단 독물들부터 처리한다."

"라져!!"

아직 당가에 도착하지도 않았는데 독물들이 이렇게 돌아다닐 정도면 생각보다 피해가 클 수도 있었다. 우주는 수하들에게 명령해 주위를 정리시키고 기를 퍼트려서 테리우스가 있는지 확인했다.

"없는 것 같으니 괜한 고생하지 마라."

그때 옆에서 다크니스가 우주에게 말했다. 동족끼리는 느낄 수 있다는 것 같았다. 우주는 다크니스의 말을 듣고 수하들을 도와서 독물들을 처리해나가기 시작했다.

"독에 당한 사람?"

"없습니다."

채민아가 대표로 말했다. 이번 작전은 아무래도 독을 정화시킬 수 있는 '힐러'들이 중요한 자원이었다. 그렇기 때문에 독과 관련된 모든 것은 채민아가 담당하기로 했다.

"그럼 당가로 계속 전진한다."

"알겠습니다!"

우주는 이렇게까지 독이 퍼질 동안 대체 중국의 공안들은 무엇을 한 것인지 의문이 들었다.

"사천이 이렇게까지 될 동안 다른 두 문파는 무엇을……."

"두 문파?"

권창우가 중얼거리는 것을 들은 우주가 권창우에게 물었다. 그러자 권창우가 친절하게 설명을 해주기 시작했다.

"사천에는 당가뿐만 아니라 정파인 아미파와 청성파도 있습니다. 이렇게 문제가 심각해지면 보통 큰 문파에서 나서는 것이 정석이니까요. 거기다 당민우, 그 녀석이 직접 도움을 요청하러 갔다고 합니다."

"혹시 모르지. 전부… 당했을 수도."

테리우스라는 놈은 충분히 그럴 수 있는 놈이었다. 만약 정말 그런 일이 벌어졌다면 지금 사천은 지옥이나 다름없었다.

* * *

한편 아미파에서 다시 당가로 돌아가고 있던 당민우는 생각보다 독이 빠르게 퍼지고 있다는 것을 느끼고 당가의 중심부로 향했다.

당가에는 모든 독을 정화시킬 수 있는 절대 피독주가 하나 있었다. 드래곤이 그것을 가지고 가지 않았다면 사천에 있는 모든 독을 정화시킬 수 있었다.

"웬만한 독은 날 해할 수 없긴 하지만……."

당가 장문인의 비전인 무형지독이 당가에 퍼져 있으면 죽을 가능성도 있었다.

"그래도 가야지."

당가의 독으로 사천이 지옥으로 변하는 것을 당민우는 지켜볼 수 없었다. 비록 서자이고 그래서 당가로부터 쫓겨난 것이나 다름없었지만 자신은 당가의 후예였다.

"누구라도 살아 있었으면……."

혼자보다는 둘이, 둘보다는 셋이 더 힘을 낼 수 있었다. 지금은 자신을 내쳤던 형들마저 보고 싶은 상황이었다.

"이런 상황이 되니깐 별의별 생각이 다 드는군."

당가로 가까워질수록 점점 더 독이 세지고 있다는 것이 느껴졌다. 그리고 당민우는 당가의 정문에 도착했다.

"가볼까."

지금부터는 정말 힘든 여정이 될 것이다. 정문을 뚫고 들어간 당민우는 당가 안을 돌아다니는 독물들을 보고 크게 놀랐다.

"정말 다 풀렸구나."

독물들은 당민우가 들어오자 인간의 냄새를 맡고 당민우에게 달려들었다. 당민우는 독물들을 일일이 상대하지 않고 바로 피독주가 있는 곳으로 향했다.

독도 견디기 힘든 상태인데 독물들의 공격까지 받아내다는 것은 무리였다. 독물들의 공격을 요리조리 피하면서 피독주가 있는 곳으로 가고 있는 당민우는 점점 호흡이 곤란해지는 것을 느꼈다. 내공도 흩어지려는 것이 각종 독들이 섞여 있는 것 같았다.

"젠장. 이제 다 왔는데……."

피독주가 있는 당가의 중심부에 도착한 당민우가 흐려지는 시야를 붙잡으며 한걸음씩 걷기 시작했다.

"여기서, 쓰러지면……."

* * *

"지금 그게 무슨 말씀이십니까!"

당민우의 지원 요청을 받고 들어간 청운진인은 장문인에게 당가의 상황을 알렸다. 청성파의 장문인은 처음에는 말을 잘 들어주다가 청운진인이 드래곤을 언급하자 급속도로 표정이 어두워졌다.

그리고 결국 그가 꺼낸 말은…….

"당가에 지원을 가지 않는다."

이 말에 청운진인이 화를 내고 있었던 것이다.

"드래곤이 개입되었다면 살아남을 수 있는 방법은 최대한 드래곤을 피하는 것뿐이다. 너도 소림이 멸문했다는 것을 듣지 않았더냐!!"

청성파의 장문인은 중국무림협회에서 죽은 형을 떠올렸다. 회의가 귀찮다고 형을 대신 보내지 않았더라면 죽은 것은 자신이었을 것이다.

"그럼 이대로 일반인들이 죽는 것을 구경만 하고 있자는 겁니까!!"

청운진인의 외침에 청성파의 장문인이 한숨을 쉬었다. 청운진인은 항상 저런 식이었다. 청성파의 장문인은 청운진인 같은 성격은 문파에 맞지 않는다고 생각했다. 대를 위해서는 어느 정도 소를 희생할 줄도 알아야 된다고 생각했다.

"혼자 가거라. 청성은 움직이지 않는다."

"장문인!!"

"만약 드래곤이 나타나면 자네는 살아남을 수 있는가!!"

장문인의 말에 청운진인이 입을 다물었다. 아무리 그라고 해도 드래곤이 나타나면 아무것도 해보지 못하고 당할 것이 뻔했기 때문이다. 그렇지만 이렇게 아무것도 하지 않고 있는 것은 아니라고 생각했다.

"알겠습니다. 그럼 저 혼자라도 가겠습니다."

그렇게 말한 청운진인이 홀로 떠나버리자 청성파의 장문인이 고개를 숙였다.

“미안하구나…….”

청성파의 장문인은 종이를 꺼내서 아미파에 보낼 서신을 적어 내려갔다.

청운진인은 경공을 펼쳐서 당가로 달려가기 시작했다. 당민우라는 당가의 아이에게 부끄러웠다. 살아남기 위해서 피치 못한 선택이라고는 하지만 너무한 처사였다.

“뭐야…….”

산을 내려가던 청운진인은 산의 초입에 있는 나무들이 죽어가는 것을 보고 인상을 찌푸렸다. 당가의 독이었다. 이 기세라면 청성파가 있는 곳도 얼마 후면 독에 잠식당할 수 있었다.

“가만히 있을 것이 아니라 대피를 해야 했군…….”

다시 돌아가서 사문의 제자들을 대피시킬 것인가, 당민우와의 의리를 지키기 위해서 당가로 독을 뚫고 갈 것인가.

선택의 기로에 놓인 청운진인은 입술을 깨물었다가 뒤로 돌았다.

“미안하다.”

그에게는 청성의 제자들이 더 중요했다.

* * *

"그 녀석이다."

감고 있던 눈을 뜬 테리우스가 중얼거렸다. 브레스까지 뿜었는데 쥐새끼처럼 살아서 도망간 그 녀석. 테리우스는 처음에 녀석이 도망쳤다는 것을 깨닫고 녀석을 쫓으려 했다.

하지만 녀석이 만들어낸 워프게이트가 마법과 다르다는 것을 깨닫고 테리우스는 우주를 쫓는 것을 포기했다. 대신이 차원을 쑥대밭으로 만들어야겠다고 생각했다.

그가 겪었던 초이스란 것들은 세상이 지옥이 되는 것을 정말 싫어했다. 세상을 혼란스럽게 만들면 녀석이 다시 모습을 드러낼 것이라고 생각했다. 그리고 그 첫번째 작전이 바로 독을 퍼트리는 거였다.

악당으로 유희를 즐기는 블랙 드래곤들이 자주 사용하는 방법이었다. 다시 우주가 나타나기를 기대하면서 테리우스는 당가를 몰살시키고 당가에 있던 독과 독물들을 풀었다.

그런 다음 근처에서 어떤 녀석들이 어떤 행동을 하는지 지켜보는 중이었다. 그렇게 탐색을 하던 중 테리우스의 눈에 목표물이 포착되었다.

"응? 그런데 이 느낌은……."

당가가 위치한 곳 상공 5000m에서 아래를 주시하고 있던 테리우스가 우주의 옆에 있던 검은 머리의 남자를 바라봤다.

"찾았다."

"네?"

열심히 독을 정화시키러 이리저리 돌아다니고 있던 우주는 다크니스의 목소리에 반응했다. 재빨리 다크니스의 옆으로 돌아온 우주는 다크니스를 재촉했다.

"혹시?"

"그래. 동족이다."

"어디에 있습니까?"

다크니스가 하늘을 가리키자 우주가 하늘을 올려다보았다. 하늘에서 지상을 지켜보고 있다는 말인 것 같았다. 우주는 표정을 굳히고 주위에 알코올을 퍼트렸다.

자연에서 생성된 알코올이 주변을 잠식해나가기 시작했다.

"올라가보지."

"부탁드리겠습니다."

다크니스가 직접 테리우스를 처리하지는 않을 것이다. 하지만 어느 정도의 도움은 '조력자'로서 약속받았다. 다크니스에게 테리우스를 부탁한 우주는 하늘을 주시했다. 하늘로 떠오른 다크니스는 계속 자신을 내려다보고 있던 테리우스의 앞에 멈춰 섰다.
"동족이군. 검은 머리를 보아하니 블랙 일족이군. 왜 저 녀석이랑 같이 있는 거지?"
"붉은 머리인 것을 보니 레드 일족인가보군. 내가 뭘 하든 상관없을 텐데?"
테리우스는 왜 다크니스가 우주와 다니고 있는 것인지 이해할 수 없다는 듯한 눈빛이었다.
"상관은 없지만 내가 저 녀석에게 볼일이 있거든."
"오. 그럼 역시 브레스를 뿜은 이유가……."
테리우스는 인상을 찌푸렸다. 다크니스가 브레스를 뿜었다는 사실을 알고 있었기 때문이다. 고작 인간을 상대로 브레스를 뿜었다는 사실이 알려지면 드래곤들 사이에서 좋을 것이 없었다.
"두번 말하지 않겠다. 신경 쓰지 마라."
"그렇게는 못하겠는데?"
다크니스의 발언에 테리우스의 전신에서 붉은 기운이 흘러나왔다.
"하필 이곳에서 만난 첫 동족이 너같은 놈일 줄이야. 동족에게 손을 쓰긴 싫지만 어쩔 수 없지."
테리우스가 싸우려는 태세를 취하자 다크니스도 검은 기운을 흘리기 시작했다. 아직 인간의 모습을 하고 있었지만 확실히 드래곤들이 뿜어내는 기세는 남달랐다.

우주는 상공에서 느껴지는 어마어마한 기세에 주먹을 쥐었다 폈다 했다. 다크니스가 어떻게 도와줄지는 몰랐으나 도움이 될것은 분명했다.

"상공에 레드 드래곤 출현."

우주의 말에 독을 정화하고 있던 채민아를 제외한 모든 인원이 상공으로 고개를 들었다. 그러자 모두에게 메시지가 울려퍼졌다.

[레드 드래곤 테리우스를 쓰러뜨려라.]

—인류 최대의 적, 레드 드래곤 테리우스를 쓰러뜨려라.

—난이도 : S

—제한시간 : 3시간

—보상 : 드래곤의 보상 상자

—실패 시 페널티 : 죽음

[수락하시겠습니까? (Y/N)]

이번에는 선택을 할 수 있었다. 전원이 예스를 선택하자 수락되었다는 메시지가 떴다.

"어떻게 할까요?"

레드 드래곤이 나타났다는 소리에 순식간에 근처의 독을 정화시켜버린 채민아가 우주의 옆으로 다가와서 물었다.

당가에서 퍼지고 있는 독을 정화시키는 것도 중요했지만 드래곤을 죽이는 것도 중요한 일이었다.

우주는 인원을 나누지 않고 테리우스를 먼저 처리하기로 마음을 먹었다.

"전원 전투 준비. 이번에는 드래곤이다."

"네. 알겠습니다!"

자신 있게 무기를 꺼내드는 수하들을 본 우주는 입가에 미소를 그렸다. 확실히 업그레이드된 장비들 덕분인지 수하들의 자신감이 충만했다. 드래곤 슬레이어의 무기와 장비들을 차고 있는 수하들은 드래곤을 무조건 쓰러뜨릴 수 있다고 생각하고 있었다.

"창지기들, 앞으로!"

하늘에 떠 있는 다크니스와 테리우스를 내려오게 하기 위해서는 지상에서 시선을 끌어줘야만 했다. 그리고 시선 끌기에 투창만큼 좋은 것이 없었다. 우주의 지시에 앞으로 나온 창지기들은 원래 무기를 등에 메고 던질 창을 꺼내들었다.

"투창!"

"라져!!"

내기를 가득 실은 창이 하늘 높이 쏘아졌다. 다크니스와 테리우스는 대치를 하고 있다가 갑자기 지상에서 올라오는 강력한 기운에 지상을 내려다보았다. 빠른 속도로 창

몇 개가 올라오고 있었다.

"흥. 겨우 이런 걸로?"

테리우스의 중얼거림을 들은 다크니스는 테리우스가 방심하고 있을 때를 노리기로 했다. 분명 투창은 별로 위협이 되지 않았지만 테리우스의 시선을 빼앗을 정도는 되었다.

"그렇지. 겨우 그런 거에 넌 당한거야."

"무슨?"

"그래비티 홀(Gravity Hall)."

다크니스가 마법을 영창하자 다크니스와 테리우스를 감싼 구가 생겨났다. 그리고 중력의 영향을 받은 구가 급속도로 지상으로 하강하기 시작했다.

"이 자식이!!"

지상으로 내려가서 무엇을 하겠다는 것인지 몰랐지만 테리우스는 다크니스의 마법을 빠져나가려다 가만히 있어 보았다. 다크니스가 싸우려는 것 같아 보이지는 않았기 때문이다.

투창을 그대로 지나쳐서 지상으로 떨어지자 지상에 있던 UN그룹의 초이스들이 테리우스의 눈에 들어왔다. 무장이 잘 되어 있는 것을 보니 하찮은 인간들이 드래곤과 싸우려고 한다는 것을 알 수 있었다.

쾅!!

그렇게 다크니스의 마법을 통해 지상으로 내려온 테리우스가 다크니스에게 물었다.

"뭐 하자는 거지?"

지상으로 내려오자 그래비티 홀이 사라졌고 다크니스는 한걸음 물러섰다.

"난 네 상대가 아니야. 네 상대는 저기 있는 저 녀석이지."

다크니스가 가리킨 쪽을 바라보자 양손에 술병을 들고 있는 인간이 눈에 들어왔다. 테리우스는 다크니스가 인간 놈과 자신이 싸움하는 것을 구경하러 왔다고 생각했다.

"아, 그러니까 넌 신경 쓰지 않겠다는 말이지?"

고개를 끄덕이는 다크니스를 보고 테리우스가 피식거렸다. 다크니스가 적이라면 치열한 전투를 벌여야 할지도 모른다고 생각했는데, 다크니스가 빠진다면 인간들 정도는 쉽게 처리할 수 있었다.

"조심하는 게 좋을걸?"

테리우스가 인간들을 무시하는 것 같아서 다크니스는 경고를 날려주었다. 지금 여기 있는 인간들이 차고 있는 무기와 장비들이 어떤 무기인지 우주에게 들었기 때문이다.

"흥. 인간들을?"

"뭐, 곧 알게 되겠지."

다크니스가 훌쩍 뛰어서 싸움을 구경하겠다는 태세를 취

하자 우주가 나섰다.
“오랜만이다?”
“쥐새끼처럼 잘도 빠져나갔군.”
“덕분에 꽤 고생 좀 했어.”
“역겨운 술 냄새는 여전하군.”
테리우스는 주위에 주향이 진동하는 것 같아 짜증을 부렸다. 녀석이 술과 관련된 능력자라는 것은 진작 알고 있었다. 주향을 떨쳐버리기 위해서 테리우스가 손을 털었다. 그러자 테리우스의 손에서 바람이 일어났다.
테리우스는 당연히 바람이 술 냄새를 몰아낼 수 있을 줄 알았다. 하지만 바람이 지나가고 난 후에도 여전히 주위에서 주향이 진동하자 이상함을 느낀 테리우스가 우주를 바라보았다.
“너, 무슨 짓을 한거냐? 그리고 이 정도 인간들로 감히 나를 상대하겠다는 것이냐?”
“인간들을 무시하지 말았으면 하는군.”
이곳에 있는 인간들 모두가 테리우스에게 큰 위협이 될 만한 공격이 가능했다. 그 사실을 알 리 없는 테리우스는 여유를 부리고 있었다. 우주는 더 이상 테리우스와 말을 섞을 이유가 없다고 생각했다.
“인간 주제에 감히!!”
“모두 공격.”

우주의 지시에 대기하고 있던 UN그룹의 초이스들이 움직였다.

화르륵.

인간 모습의 테리우스는 주로 불을 다루었다. 우주의 지시에 맞춰서 인간들이 공격을 해오자 테리우스는 전신에 화염을 두르고 인간들을 태워 죽일 생각이었다.

하지만 상황은 테리우스가 생각한 것처럼 흘러가지 않았다. 테리우스는 가장 먼저 드래곤 피어를 뿜어냈다. 인간들이 피어에 꼼짝 못할 것이라 예상하고 다음 공격을 시도하려 했다.

"뭐야?"

그렇지만 인간들은 드래곤 피어의 영향을 전혀 받지 않는 듯 드래곤 피어를 무시하고 테리우스를 공격했다. 테리우스는 드래곤 피어가 전혀 통하지 않는다는 사실에 놀라면서도 초이스들의 공격을 피하기 시작했다.

[드래곤 피어가 발휘되었으나 장비하고 있는 드래곤 갑옷의 효과로 인해서 드래곤 피어의 영향권 내에서도 자유롭게 움직일 수 있습니다.]

"태극혜검."

"태극멸권."

남궁민과 권창우가 양쪽에서 콤비로 태극을 만들어내었다. 엄청난 기운이 느껴지는 공격에 테리우스도 양손으로 헬 파이어를 분사했다.

태극과 부딪힌 헬 파이어는 태극과 상쇄되었다. 남궁민과 권창우의 공격을 막는 사이, 바닥에서 이상한 기운이 스멀스멀 올라왔다. 테리우스가 바닥을 내려다보자 쇠사슬 하나가 테리우스를 덮쳐왔다.

덮쳐오는 쇠사슬을 손으로 쳐낸 테리우스는 생각보다 인간들의 공격 하나하나가 매섭다고 생각했다.

"뭐야?"

인간들의 공격을 피하다가 갑자기 이상한 느낌이 들어 손을 바라본 테리우스는 손에서 피가 떨어지고 있는 것을 볼 수 있었다. 공격을 허용한 기억은 없었다. 그렇다면 쇠사슬을 쳐냈을 때 이렇게 되었다는 말이었다. 아무리 인간 모습으로 폴리모프를 했더라도 기본적으로 드래곤 스케일에 상처를 내려면 어지간한 공격이 아니면 어려웠다.

"저 쇠사슬. 뭐로 만들어진 거지?"

"한눈 팔 시간이 없을 텐데."

"응?"

테리우스가 구은지가 휘두르는 쇠사슬에 정신이 팔린 사이, 우주가 테리우스의 정면에 나타났다. 양손에 술병을 들고 있던 우주가 술병을 열고 술을 테리우스에게 퍼부었다. 술을 조심해야 된다는 것을 알고 있던 테리우스는 우주가 뿌린 술을 피하기 위해서 텔레포트를 시전했다.

"쳇."

계속해서 한자리에만 있기에 술도 피하지 않을 줄 알았는데 마법을 사용해서 피하는 것을 보고 우주가 혀를 찼다. 테리우스는 그런 우주의 모습을 보고 짜증을 냈다.

"조금 놀아줄까 했더니……."

술 냄새를 맡으니 갑자기 짜증이 나면서 인간들을 상대하기가 귀찮아졌다. 테리우스는 한손을 들면서 영창했다.

"익스플로젼(Explosion)."

테리우스가 마법을 시동하자 인간들의 진영에 폭발이 연속적으로 일어나기 시작했다.

"적설진!"

우주가 그 모습을 보고 적설진을 불렀다.

"걱정 마시죠! 카피!"

적설진이 거울의 초이스 능력을 사용했다. 드래곤의 능력을 카피할 생각이었다. 어떤 능력까지 카피될지는 아무도 몰랐지만 그래도 드래곤의 능력이라면 꽤 쓸 만할 것이라 생각했다.

"흥. 가소롭다!"

하지만 테리우스는 적설진이 뭘 할지 알고 있다는 듯 적설진을 정확히 바라보았다.

"컥."

그러자 적설진이 목을 움켜쥐면서 쓰러졌다. 우주는 적설진이 쓰러지는 것을 보고 주변에 떠다니는 알코올들을 테리우스에게 몰았다.

"폭."

알코올의 성질을 폭발로 바꾸자 테리우스가 썼던 익스플로젼처럼 테리우스가 있던 공간이 터져나갔다. 하지만 테리우스는 이미 그 공간을 빠져나가고 난 후였다.

"방금 그건 뭐야?"

뭔가 쎄한 느낌에 블링크를 통해서 공간을 벗어난 테리우스는 그가 있던 곳이 터져나가는 것을 보고 눈을 부릅떴다. 분명 마나가 움직이는 것을 느끼지 못했는데 마치 익스플로젼과 같은 현상이 일어났다.

이건 위험하다고 느낀 테리우스가 주변을 살폈다.

테리우스는 마치 적설진이 뭔가 시도할 것을 알고 있었다는 듯 적설진을 향해서 무언가를 했다. 우주는 그걸 똑똑히 지켜보고 있었다. 심지어 알코올 폭발을 피하기까지 했다. 녀석이 어떻게 미리 공격을 알아챌 수 있었는지 알아내지 못한다면 이 싸움은 질 수밖에 없었다.

탕—!

그때 한발의 총성이 울려퍼졌다. 테리우스는 귓가를 스치고 지나간 총알이 날아온 방향을 정확히 꿰뚫어보았다.

'뭐야, 어떻게 피한거지? 그리고 저 녀석, 날 쳐다보고 있잖아?!'

김한우는 상당히 먼 거리에서 테리우스를 저격했다. 분명 맞출 수 있었는데, '쏜다'라고 생각한 순간 테리우스가 총알을 피했다. 거기다 테리우스는 정확히 이쪽을 쳐다보고 있었다.

이대로 있으면 안 된다는 것을 깨달은 김한우는 얼른 자리를 피했다. 적에게 발각된 스나이퍼는 스나이퍼라고 불릴 수 없었다.

"하. 이런 버러지 같은 놈들이."

한명, 한명은 약해빠졌는데 약해빠진 놈들이 모이니까 자신에게도 위협이 되었다. 만약 자신에게 '이 능력'이 없었다면 지금쯤 위험했을 수도 있었다.

"이제 그만 죽어라. 체인 라이트닝(Chain Lightning)."

파지직거리는 소리와 함께 테리우스의 손에서 시작된 번개가 초이스들을 관통하려고 했다. 그렇지만 이번에도 테리우스의 마법은 무산되었다. 적설진을 어느 정도 회복시킨 우주가 체인 라이트닝의 시작점에서 번갯불을 잡았기 때문이다.

그리핀의 스킬을 이어받은 우주는 바람과 번개에 내성이 있었다. 그래서 테리우스가 사용한 체인 라이트닝이 지닌 번개의 힘을 대부분 제거할 수 있었다.

"또 너냐?"

"내 부하들 건드리지 마."

녀석의 부하들을 죽이려고 할 때마다 녀석이 나타나서 훼방을 놓았다. 우주의 눈을 정확히 꿰뚫어본 테리우스가 우주를 보면서 말했다.

"너구나."

테리우스가 우주를 보면서 씨익 웃었다. 우주는 테리우스가 웃자 소름이 끼치는 것을 느끼면서 테리우스의 오른손을 바라봤다. 그러자 테리우스가 몸을 틀었다.

"들켰어. 짜식아."

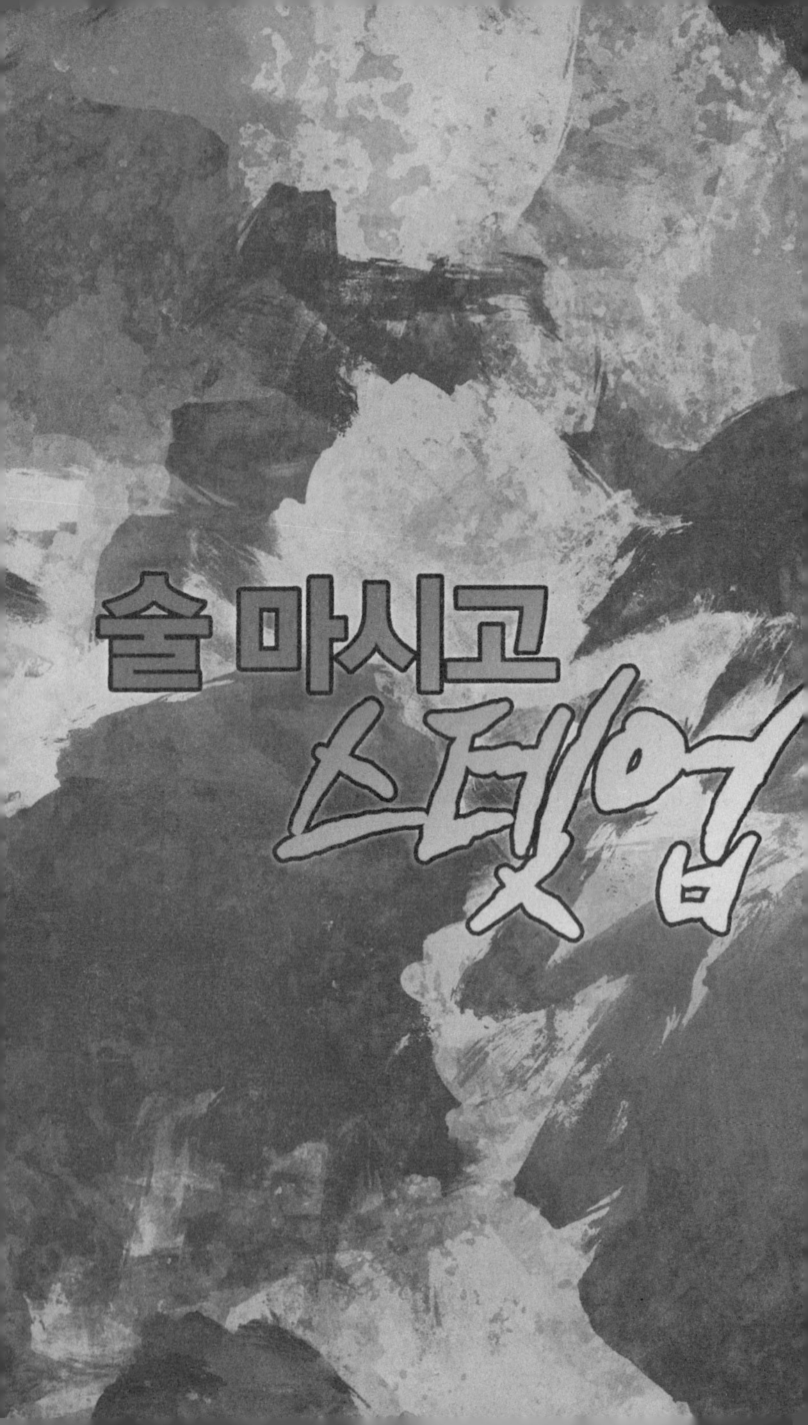

술 마시고
스텝업

드래곤 슬레이어

드래곤이 짜식이라는 말을 쓸 줄은 몰랐던 우주도 피식거렸다. 방금 테리우스의 발언으로 우주는 테리우스가 어떻게 공격을 미리 알고 차단하고 있는지 대략적으로 알아낼 수 있었다.

믿기 어려운 일이었지만 저 레드 드래곤은 마음을 읽을 수 있는 것 같았다. 우주가 테리우스를 바라보면서 마음속으로 말했다.

'너도 들켰어.'

의심에 확신을 가지기 위해서 우주는 마음속으로 테리우스를 어떻게 공격할지 생각하면서 공격을 시도했다.

'오른발 쪽에 폭발!'

그러자 테리우스가 폭발을 터뜨리려고 한 곳에서 한걸음 물러섰다. 우주는 그 모습을 보고 테리우스의 능력을 확신했다. 우주는 테리우스의 능력을 확인하기 위해서 조력자인 다크니스에게 전음을 보냈다.

—다크니스님.

—무슨 일이지?

다크니스는 한창 테리우스와 인간들이 전투를 하는 모습을 보면서 흥미를 느끼고 있었다. 인간들이 드래곤 슬레이어가 쓰던 무기들을 쓰고 있다는 사실을 알았기 때문이다. 과연 자신이라면 저 인간들을 쓰러뜨릴 수 있을지에 대해서 고민하고 있었다.

—혹시 드래곤들에게 마음을 읽을 수 있는 능력이 있는가요?

—마음을 읽을 수 있는 능력? 그런건 신들이나 가질 수 있는 능력이다. 하긴, 너희 같은 초이스들이라면 가능할지도 모르겠군.

다크니스에게 자문을 구한 우주는 드래곤들도 만능이 아니라는 것을 깨닫고는 의문을 품었다. 그렇다면 어째서 테리우스는 마음을 읽을 수 있는 것인가.

"설마……."

"설마는 무슨!!"

우주의 생각을 계속해서 읽고 있던 테리우스가 우주의 앞에 나타나서 화염으로 휩싸인 주먹을 휘둘렀다. 우주는 테리우스의 주먹을 막아냈다.

"지금부터 내가 재미있는 이야기를 하나 할까 하는데."

"닥쳐라!! 인시너레이트(Incinerate)!!"

무언가 찔리는 것이 있는지 테리우스가 우주에게 초고열의 불덩이를 발출했다. 하지만 테리우스가 발출한 불덩이는 우주에게 닿지 못하고 얼어붙었다.

어느새 다가온 이설화가 우주의 옆에 서 있었다.

"드래곤의 마법이라고 해봤자 화염계열 마법은 결국 얼음보다 약하군요."

이설화의 중얼거림에 테리우스가 이설화를 뚫어져라 바라보았다. 인시너레이트가 이렇게 쉽게 얼어붙을 마법이었으면 쓰지도 않았다. 테리우스가 원래 있던 차원에서도 자신의 마법에 대응할 수 있는 마법사는 대마법사라 불리는 인간들밖에 없었다.

그렇다면 이설화가 대 마법사급의 마법사란 말인데 그럴 리가 없었다.

"마력증폭 이어링?"

"이설화를 쳐다보는 것만으로 이설화가 착용하고 있는 아이템을 알아내다니 대단한걸? 역시 넌……."

우주의 비아냥거림에 테리우스가 문득 정신을 차리고 주

변을 둘러보았다. 꽤 많은 숫자의 인간들이 테리우스를 포위하고 있었다. 테리우스는 직감적으로 우주가 그의 비밀에 대해서 눈치챘다는 것을 알아챘다.

우주는 테리우스를 투시로 꿰뚫어보았다.

[레드 드래곤 테리우스]

Lv. 70

테리우스의 레벨은 70이었다. 드래곤이지만 마음을 읽을 수 있는 능력을 가지고 있는 테리우스를 우주는 초이스라고 가정했다. 녀석이 초이스라고 가정하면 마음을 읽을 수 있는 능력을 가지고 있는 것이 가능했다.

"흥. 그래서? 그걸 알아챘다고 하더라도 너희들이 여기서 죽을 것이라는 사실은 변함없어."

우주의 마음을 읽은 테리우스는 순순히 인정했다. 레드 드래곤 테리우스, 그는 초이스가 된 드래곤이었다. 이설화와 다른 인간 녀석들의 마음을 읽은 테리우스는 인간들의 무구와 장비들을 다시 살피면서 하늘로 날아올랐다.

"막아."

탕!

우주의 지시에 김한우가 다시 저격을 시작했다. 테리우스는 이번에는 피하지 않고 앱솔루트 실드를 발현해서 총

알을 막아내었다. 테리우스는 인간들의 마음을 읽고 드래곤 슬레이어의 무기들을 장비하고 있다는 사실을 깨달았다. 그리고 직접적이고 물리적인 공격은 인간들에게 아무런 피해를 줄 수 없다고 결론을 내렸다.

"포이즌 클라우드(Poison Cloud)."

연두색 독 구름이 만들어지고 있는 것을 본 우주가 표정을 굳혔다. 독이 퍼지면 피해가 커질 수밖에 없었다. 독이 퍼지기 전에 독 구름을 제거해야만 했다.

"너희가 움직이도록 내가 가만히 둘 것 같아? 어스퀘이크(Earthquake)."

테리우스의 시동어에 땅이 갈라지면서 흔들리기 시작했다.

"창우야, 민아."

우주가 권창우와 남궁민을 부르자 우주의 옆으로 권창우와 남궁민이 다가왔다.

"네."

"파이널 어택 후 철수."

"네?"

"그 후에는 나 혼자서 충분해."

"알겠습니다."

"그럼 모두 준비시켜."

그렇게 말한 우주가 허공을 밟고 테리우스가 떠 있는 쪽으로 솟구치는 것을 본 권창우와 남궁민이 분주해졌다. 지진이 일어나는 와중에 모두에게 술을 마시라고 외치는 모습은 별로 보기 좋은 모습은 아니었다.

"클라우드 킬(Cloud Kill)."

우주가 허공에 떴을 때 독 구름에서 독안개가 퍼져나가기 시작했다. 우주는 하늘로 솟구치면서 몸 안에 잠재하고 있던 알코올을 전신에서 뿜어냈다. 밑에서 권창우와 남궁민의 지시를 따라서 술을 마시는 부하들을 곁눈질로 바라본 우주가 중얼거렸다.

"내가 너 때문에 마신 술이 몇 병인지는 알아? 스킬 '알코올의 축복' 시전. 스킬 '빅웨이브' 시전."

['알코올의 축복'이 시전됩니다. 알코올을 섭취한 파티원들의 능력치가 5분 간 두배로 향상됩니다.]

['빅웨이브'가 시전됩니다. 지정한 공간을 알코올로 뒤덮습니다.]

우주가 드래곤 슬레이어 전용 장비를 맞추기 위해서 마신 술은 어마어마했다. 그리고 그 술들을 마시면서 얻은 부가적인 스킬들도 어마어마했다. 그중 하와이 맥주, 빅웨이브를 마시고 얻은 스킬을 우주는 지금 사용하였다.

독안개가 퍼지는 범위보다 더 큰 범위로 알코올을 퍼뜨

려서 우주는 독 안개를 가둬버렸다. 그리고 테리우스를 잡으러 떠나기 전에 미리 약속했던 전술이 지상에서 하늘로 쏘아졌다.

* * *

"모두 지금부터 파티를 맺는다."

"파티요?"

다섯 직원처럼 게이트에 들어가서 직접 파티를 이루며 싸워본 경험이 없는 초이스 아카데미의 교육생들은 파티에 대해서 무지했다.

"알고 있는 사람도 있을 테고 모르는 사람도 있겠지만 초이스들은 파티를 맺을 수 있다. 파티를 맺게 될 경우 얻게 되는 시스템은 컴퓨터 게임의 시스템과 동일하다. 몬스터를 잡았을 때 경험치를 나눠받는다거나 사제 같은 경우 '축복' 스킬을 통해서 파티원들에게 버프를 걸어주는 일 같은 것들을 할 수 있게 된다."

게임을 좀 해본 교육생들은 파티 시스템에 대해서 빠르게 파악할 수 있었다. 드래곤 슬레이어 파티라고 명명된 파티를 보면서 우주는 본론을 꺼냈다.

"내가 이렇게 너희들을 파티로 한곳에 묶은 이유는 버프를 받기 위해서도 있지만 내가 가지고 있는 스킬 때문이다."

그렇게 말하면서 우주가 준비해두었던 술들을 꺼내서 모두에게 한병씩 나눠주었다.

"내가 신호하면 이 술들을 마셔라. 술을 마신 직후로 정확히 5분 간 너희의 능력치가 두배로 뻥튀기 될 것이다."

"네? 두배요?"

우주의 말에 모두는 이 정도라면 드래곤 한마리쯤은 거뜬하게 처리할 수 있을 것이라 생각했다.

"5분 동안이다. 어떤 상황일지도 모르고 그리고 두배로 능력치가 뻥튀기 되었다 하더라도 드래곤에게는 아무런 해를 못 끼칠 수도 있으니까 각별히 조심하고. 특히 템빨 믿고 설치는 놈들은 골로 가기 십상이니까 조심하도록."

"네. 알겠습니다!!"

"자. 어쨌든 스킬의 효과가 나타난 순간, 모두가 드래곤에게 자신이 가지고 있는 최고의 필살기를 퍼부어라. 드래곤도 다구리 앞에는 장사 없어."

"버티면요?"

우주가 열심히 전술에 대해서 설명할 때 누군가가 우주에게 물었다. 합동 공격을 드래곤이 버텨낸다면 그때는 우주도 최후의 방법을 쓸 예정이었다.

* * *

우주는 지상에서 쏘아 올려지고 있는 어마어마한 기의 파동에 허공으로 도약하는 것을 급히 멈추고 이동 방향을 변경했다. 생각보다 합동 공격의 위력은 굉장했다.

빅 웨이브로 독 안개를 막을 필요도 없었다. 빅 웨이브로 감싸진 독 안개를 뚫고 수많은 검강과 초이스들의 스킬이 테리우스를 향해서 정확하게 쏘아졌기 때문이다.

"뭐야?"

신경을 쓰고 있던 우주가 급히 몸을 빼는 모습을 보고 이상함을 느낀 테리우스는 지상에서 갑자기 터져나오는 엄청난 마나에 놀라서 다시 한번 앱솔루트 베리어를 둘렀다.

절대 방어 실드란 이름에 걸맞게 앱솔루트 베리어를 뚫고 들어오는 공격은 없었다. 처음에는 말이다. 하지만 버틸 수 있는 것도 정도가 있었다. 계속해서 강력한 공격들이 앱솔루트 베리어를 두드리자 앱솔루트 베리어에 금이 가기 시작했다.

"버러지 같은 인간들이 감히!!"

본체로 변해서 브레스 한방만 날리면 전부 죽어버릴 인간들이 발버둥질하고 있었다. 기술도 가지각색이었다. 얼음부터 시작해서 검강, 총알, 전격 등 정말 다양했다.

그때, 농구공 하나가 엄청 빠른 속도로 베리어로 접근해오고 있었다. 테리우스는 농구공을 보고 실소했다. 아무리 베리어가 이미 금이 갈 대로 간 상태라 하더라도 저런 공 따위에 부서지는 일은 없을 것이라고 생각했기 때문이다.

"저것도 공격이라고……?"

퍼억—!

"컥."

테리우스가 농구공을 얕잡아봤던 탓일까. 테리우스의 예상과 다르게 농구공은 베리어를 뚫고 테리우스의 복부에 명중했다. 그 순간, 테리우스가 붙잡고 있던 이성의 끈이 끊어졌다.

"폴리모프 해제."

본체로 돌아가서 저번처럼 브레스로 한번에 쓸어버릴 생각이었다. 저번에 우주가 한번 도망쳤기 때문에 이번에는 도망칠 수 없도록 주변의 마나를 비틀어놓았다.

빛이 번쩍이고 나자 붉은 비늘로 뒤덮인 거대한 동체의 드래곤이 상공에 등장했다. 우주는 테리우스의 본체를 보자마자 명령을 내렸다.

"모두 철수!"

본체로 변한 이상 테리우스가 할 수 있는 공격은 하나밖에 없었다. 그건 바로 브레스. 그리고 우주는 브레스를 상대할 수 있도록 모든 준비를 마친 상태였다.

"어딜 도망가려고 하느냐. 너흰 오늘 여기서 모두 죽을

것이다!"

테리우스가 숨을 깊게 들이마시자 그의 드래곤 하트에서부터 엄청난 양의 마나가 모이기 시작했다. 우주가 질세라 재빨리 브레스를 받아칠 준비를 했다.

"칭호 '술고래' 스킬 사용."

[칭호 '술고래'의 효과로 하루에 1회에 한해서 만병의 술을 뿜어낼 수 있습니다.]

우주 역시 숨을 깊게 들이마셨다. 속에서부터 알코올이 부글부글 끓는 것 같았다. 알코올 중독자의 최후는 역시 토였다. 우주와 테리우스가 동시에 브레스와 술을 토해내었다.

'알코올 속성 변환. 빙(氷).'

테리우스가 뿜어내는 브레스가 화염 브레스라면 우주가 토해내는 술은 얼음의 성질을 지니고 있었다. 그렇게 화염 브레스와 얼음의 속성을 띤 술이 허공에서 격돌했다.

처음, 테리우스는 드래곤이 브레스를 뿜는 것처럼 무언가를 토해내는 우주를 비웃었다. 인간이 드래곤을 따라한다고 드래곤이 될 수는 없었다. 테리우스는 우주가 곧 브레스에 삼켜져서 죽음을 맞을 것이라고 생각했다.

하지만 테리우스의 예상은 보기 좋게 빗나갔다. 신기하

게도 우주가 뿜어내는 술이 브레스를 밀어내면서 얼리고 있었다. 테리우스는 무언가 잘못되었다고 느끼면서도 점점 밀려나는 브레스를 지켜볼 수밖에 없었다.

—인간이 드래곤의 브레스를 감당한다는 것은 있을 수 없는 일이다!!

테리우스의 목소리가 우주의 머릿속을 파고들었다. 저번에는 브레스를 보고 도망치기 바빴다. 하지만 지금은 테리우스의 화염 브레스와 정면 대결을 하고 있었다.

우주가 토해내는 알코올의 양이 더욱 증가하면서 빠른 속도로 화염 브레스를 얼려가기 시작했다. 테리우스는 이대로 있다가는 인간이 뿜어낸 브레스에 당할 것 같아서 브레스를 뿜는 것을 중단해야겠다고 생각했다.

이 이상 브레스를 계속 내뿜고 있다가는 드래곤 하트까지 얼어붙을 것 같았기 때문이다. 우주는 테리우스의 브레스를 거의 상쇄시킨 것 같자 테리우스의 눈치를 살폈다.

이대로 쓰러뜨릴 수만 있다면 제일 좋겠지만 드래곤이 쉽게 당하지는 않을 것이라 생각했기 때문이다. 브레스를 상쇄한 것만으로도 드래곤의 자존심을 꺾은 것이나 다름없었다. 비록 단발성인 스킬로 인한 것이었지만 테리우스는 더 이상 브레스를 쏘지 못할 것이다.

그리고 브레스를 봉쇄한 이상 우주는 테리우스와의 싸움에서 이길 자신이 있었다. 결국 브레스 싸움에서 밀린 테리우스는 화염 브레스를 뿜는 것을 중단하고 우주가 뿜는 알코올의 사정권에서 벗어나려고 했다.
우주는 테리우스가 브레스를 중단시키자 움직이는 테리우스를 향해서 알코올을 쏘아댔다. 테리우스는 우주의 알코올 브레스를 아슬아슬하게 피했다.
'알코올 속성 변환. 무(無).'
하늘로 쏘아낸 알코올들이 자연 속으로 스며들기 시작했다. 알코올이 대기 중에 스며들었다. 알코올이 만연한 이 공간은 우주의 공간이나 다름없었다.
그리고 술 만병분의 알코올을 전부 토해내었는지, 칭호 '술고래'의 효과가 사라졌다. 우주는 온몸에서 알코올이 전부 빠져나간 것을 느끼고 주변에 잔재하고 있는 알코올을 흡수하기 시작했다.
한순간 무기력해졌던 몸이 다시 회복되었다. 우주는 지상을 내려다보고 있는 테리우스를 쳐다보았다. 주위를 둘러보니 다행히 모두 대피한 것 같았다.
"내가 원래 있던 차원에서 너같은 초이스는 없었다. 좋다. 네 녀석을 인정하마. 하지만 날 쓰러뜨릴 수는 없을 것이다!!"
드래곤에게 브레스는 전부가 아니었다. 드래곤의 진정한 공격과 방어는 바로 용언 마법으로부터 비롯된다. 그리고 이 용언 마법은 드래곤의 강인한 정신력을 기반으로 한

마법이었다.

“포박(捕縛).”

테리우스의 중얼거림에 우주는 자연의 기가 온몸을 옭아매기 시작한다는 것을 느꼈다. 이 보이지 않는 기를 베어야겠다고 생각한 우주가 떠다니는 알코올을 끌어모았다.

“알코올 속성 변환. 참(斬).”

그러자 우주는 다시 운신이 자유로워진 것을 느꼈다.

“용언을 풀어?”

설마 용언 마법까지 통하지 않을 줄은 몰랐던 테리우스가 다시 한번 용언 마법을 사용했다. 물리적인 용언 마법이 통하지 않는다면 정신을 공략할 심산이었다.

“환영(幻影).”

다시 한번 기의 이동이 느껴졌다. 우주는 눈앞이 순간적으로 흐릿해졌다가 또렷해지는 것을 느끼고 또 테리우스가 무슨 짓을 벌였다는 것을 깨달았다.

“알코올 속성 변환. 목(目).”

우주의 눈에 씌었던 기를 알코올이 걷어내었다. 두번이나 테리우스의 마법을 걷어내긴 했지만 이래서는 무한히 반복될 뿐이었다. 우주는 이제 테리우스와의 전투를 끝내야겠다고 마음먹었다. ‘술고래’ 말고도 우주에게는 비장의 카드가 많이 남아 있었다.

“알코올 속성 변환. 광(光). 스킬, ‘코로나’ 시전.”

1925년 데킬라로 유명한 멕시코에서 처음 생산된 레몬 맥주인 '코로나'를 마시고 얻은 스킬, 코로나를 우주가 시전했다.

[스킬 '코로나'가 시전됩니다. 태양의 일부인 '코로나'를 소환해서 적을 공격합니다.]

우주는 코로나를 소환하자마자 속성을 변환시킨 알코올로 코로나의 피해 범위를 제한시켰다. 정확히 우주 앞의 공간부터 테리우스가 있는 공간까지 빛으로 뒤덮였다.

"무슨!!"

환영을 보고 있어야 했던 우주에게서 갑자기 엄청난 빛이 뿜어지는 것을 본 테리우스는 최초로 두려움을 느꼈다. 재빨리 이 공간을 벗어나야 한다고 생각하고 워프를 시전하려던 테리우스는 날개가 타는 것을 느꼈다.

100만℃의 열기가 그대로 전해진 탓이었다. 날개에 이어서 다리, 몸통, 목순으로 전신이 타오르는 것을 느끼면서 자조했다. 화염의 종족인 레드 드래곤이 빛에 타죽고 있다는 사실이 어이가 없었다.

"완벽한 패배다. 노……."

테리우스와 우주가 있었던 공간이, 중국 사천성의 한 공간이 재가 되어버렸다. 우주는 시체조차 남기지 못하고 사라져버린 드래곤, 테리우스를 멍하니 바라보았다. 무언가 할 말이 있었던 것 같은데 듣지 못했다.

어쨌든 드래곤을 잡았다.

[레드 드래곤 테리우스를 쓰러뜨렸습니다.]

[레벨이 올랐습니다. 레벨이 올랐습니다. 레벨이 올랐…….]

[칭호 '드래곤 슬레이어'를 획득합니다.]

[테리우스의 보물상자를 획득합니다.]

['타차원으로의 진입'을 획득합니다.]

많은 알림이 터져나왔다. 드래곤을 잡은 것이 점점 실감이 나기 시작했다. 피해는 전무했다. 테리우스의 말대로 완벽한 승리였다.

"대단하군."

우주의 옆으로 다크니스가 내려왔다. 여태까지의 전투를 모두 지켜본 것 같았다.

"마지막 공격은 무엇이었지? 레드 일족을 재로 만들어버릴 정도의 열기라니……."

"태양이었습니다."

우주는 나지막하게 말했다. 분명 최종보스를 쓰러뜨렸는데, 고구마를 먹은 듯 답답했다.

쿠르릉!

하늘에서 비가 쏟아지기 시작했다. 비를 맞으니까 정신이 뚜렷해졌다. 꺼림칙한 느낌이 정체를 깨달은 우주가 재빨리 스킬을 시전했다.

"스킬, '시바스 리갈' 시전."

[스킬 '시바스 리갈'이 시전됩니다. 시바의 관심. 관찰용 시바견을 소환합니다.]

—왈!

시바견을 소환한 우주가 다짜고짜 시바견의 입에 술병을 물리고는 중얼거렸다.

"알코올 속성 변환, 해독(解毒). 가서 당민우를 찾아라."

—왈왈!!

우주가 답답했던 이유. 그건 아직 끝나지 않았기 때문이다. 테리우스가 퍼뜨린 독은 아직도 퍼져나가고 있었다. 우주는 휴대폰을 꺼내들었다.

"역시 먹통이네."

코로나의 영향권에 있었기 때문인지 휴대폰이 작동하지 않았다. UN그룹의 초이스들에게 연락할 방도가 없을까 생각하던 우주는 저 멀리서 다가오는 일단의 무리를 보면서 피식 웃었다.

분명 철수를 하라고 지시를 내렸을 때, 드래곤과의 승패에 상관하지 말고 한국으로 돌아가라고 일렀건만. 녀석들이 다시 돌아오고 있었기 때문이다.

"회장님!!"

"괜찮으십니까!!"

우주는 가까워지는 UN그룹의 초이스들을 보면서 명령했다.

"지금 즉시 사천당가로 간다!!"

* * *

"쿨럭."

죽은피를 토해낸 당민우가 힘겹게 몸을 일으켰다. 조금만 더 늦었으면 황천길로 갔을 터였다. 하지만 쓰러지면서 마지막 있는 힘을 다해 문을 박차고 들어간 당민우가 떨어진 곳이 다행스럽게도 피독주가 놓여 있는 곳이었다.

당민우가 피독주를 몸에 지니자 독이 해독되기 시작했다.

그렇게 독에 담겨 있는 기운은 몸에 쌓고, 몸에 좋지 않은 독들을 해독시키자 당민우는 다시 움직일 수 있는 기운을 되찾았다.

중독되지 않는 것은 좋았으나 이제부터는 당가 안을 제

집처럼 돌아다니는 독물들을 처리해야만 했다. 원래는 당가의 귀한 독물들이었으나 지금은 몬스터와 다를 바가 없었다.

"그럼 지금부터 사냥을 시작해볼까?"

어렸을 때부터 당가의 독과 독물들에 대해서 많은 지식을 쌓아왔던 당민우였다. 서자라는 이유로 당가에서 떠났지만 독에 대해서는 그 누구보다 잘 알고 있다고 자신할 수 있었다.

그리고 당민우는 이 사태를 종결시킬 수 있는 독물에 대해서 알고 있었다.

음양쌍두사. 당가의 모든 독물들은 음양쌍두사의 지시를 받고 있을 것이다. 독물들을 이용하기 위해서 당가가 진행했던 연구의 결과가 바로 음양쌍두사였기 때문이다.

"아마 아직 그곳에 있겠지."

드래곤에게 당하지 않았다면 아직 독이 보관되어 있던 창고를 떠나지 않았을 것이다. 음양쌍두사는 독을 먹고 힘을 키우는 뱀이었다. 지금 이곳은 녀석에게 최고의 서식지였다.

녀석만 잡는다면 당가 안의 모든 독물들을 정리할 수 있었다. 독은 그 후에 처리하면 된다.

아미와 청성파에 도움을 요청했으니, 일반인들에게는 피해가 가지 않을 것이라고 철석같이 믿고 있는 당민우였다.

당민우가 독을 뚫고 천천히 걸어나왔다. 사방이 독으로 뒤덮여 있어서일까. 시야마저 잘 보이지 않았다.

"키야약!!"

독무에서 튀어나온 뱀 한마리가 당민우를 습격했다.

당민우는 당황하지 않고 가지고 있던 비수로 뱀을 갈랐다.

독무 때문에 잘 보이지 않았지만 독을 가지고 움직이는 독물들의 기척은 생생하게 느껴지고 있었다.

그렇게 당가의 모든 독이 보관되어 있는 창고에 독물들을 처리하면서 도착한 당민우는 긴장한 눈빛으로 창고의 문을 개방하려고 했다.

"왈!!"

"왈?"

뒤에서 갑자기 개가 짖는 소리가 들려서 재빨리 뒤를 돌아서 비수를 던진 당민우는 공중에서 입으로 낚아채는 개를 보면서 고개를 갸웃거렸다. 당가의 독물 중에 개는 없었기 때문이다.

"누구냐!!"

"왈(찾았다)!!"

개의 정체는 우주가 보낸 시바견이었다.

당연한 말이었지만 당민우는 시바견의 말을 알아들을 수

없었다. 그리고 시바견은 당민우를 찾고 난 다음에 어떻게 해야 한다는 지시를 받지 못했다는 것을 깨닫고는 식은땀을 흘리기 시작했다.

이렇게 가만히 있다가는 당민우가 자신을 죽이려고 덤벼들 것 같았기 때문이다.

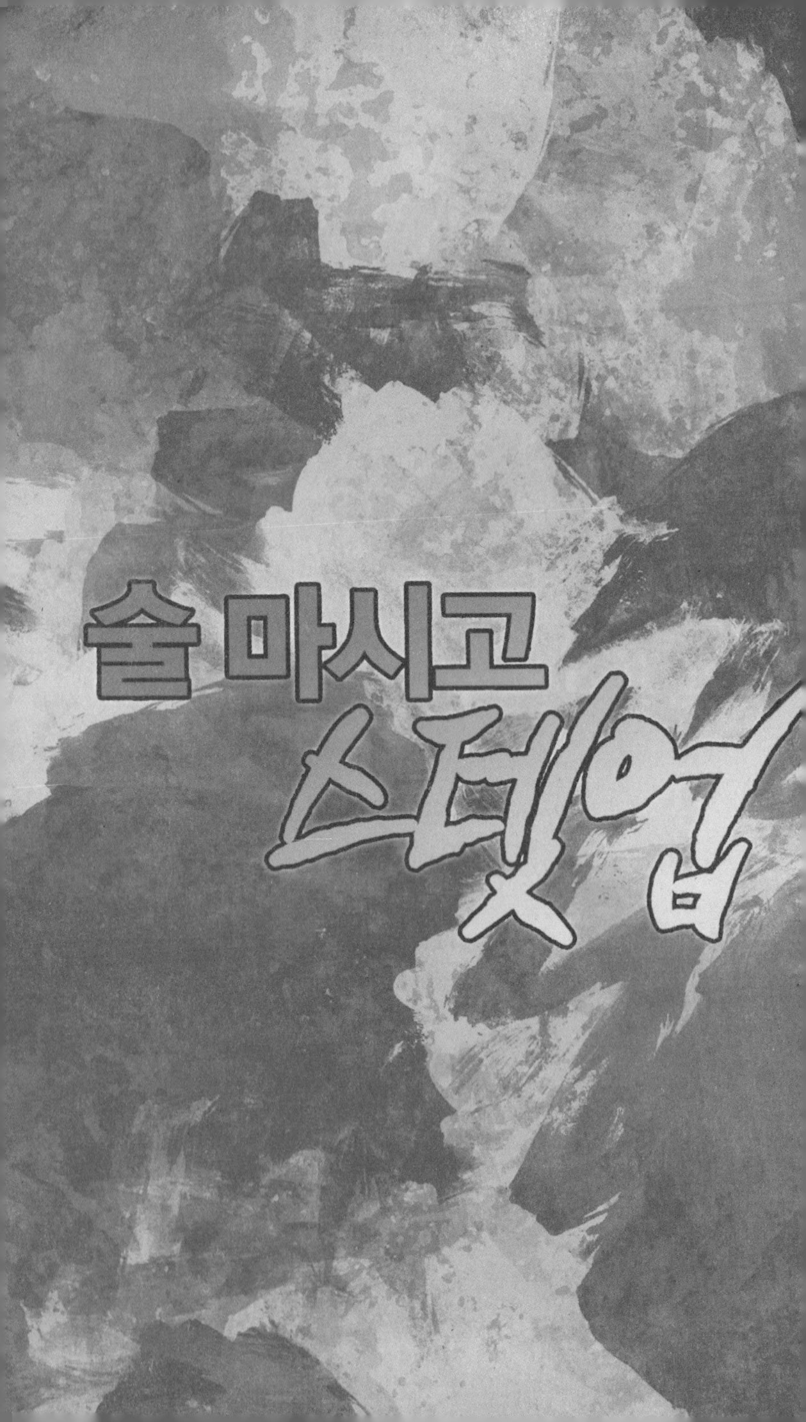
술 마시고
스텝업

타차원으로의 진입

시바견이 깨갱거리며 뒤로 물러나자 당민우가 고개를 갸웃거렸다. 사방이 독 천지였다. 이런 곳에서 저렇게 멀쩡하게 돌아다닐 수 있는 개라니, 신기했다.

시바견에게 다가가려던 당민우는 이곳으로 모이고 있는 기척들을 느끼고 문을 박차고 뛰어나갔다.

"찾는 수고를 덜어주었군."

독물들이 당민우를 향해서 모이고 있었다. 피독주의 영향 때문인 것 같았다. 피독주를 지니고 있는 사람이 독에 중독되지 않는 것은 피독주가 사람 대신 독을 빨아들이기 때문이다. 그렇다는 말은 어떻게 보면 피독주는 독정이나 다름없었다.

음양쌍두사가 탐낼 만한 귀물이 바로 피독주였다. 피독주는 사용 전까지 그 기운을 드러내지 않는다. 때문에 이곳에 피독주가 있다는 사실도 모르고 있었던 것 같은데, 당민우가 피독주를 사용함으로서 피독주의 기운이 드러난 것이다.

그리고 피독주를 노리는 음양쌍두사의 지시로 독물들이 당민우에게로 모이고 있었다.

시바견은 돌아가는 상황을 파악하고 어떤 행동을 취할지 고민했다. 당민우의 위치 파악이 끝났으니 다시 주인에게 돌아가서 주인을 당민우가 있는 곳으로 안내하는 것이 첫번째였다. 그리고 두번째는 독물들의 공격에서 당민우를 지키는 것이다.

시바견이 고민하는 사이, 당민우가 독물들에게 공격을 받기 시작했다. 그 모습을 본 시바견이 한숨을 쉰 후에 독물들을 향해 달려들었다.

당민우를 찾긴 했는데 죽어버리면 곤란했다.

우주는 몰랐지만 우주가 소환하는 소환수들은 우주의 레벨과 같은 레벨의 능력치를 달고 소환이 되었다. 하지만 소환수들에게는 각성 조건이 있었다. 그동안의 소환수들은 각성 조건을 충족하지 못해서 일반적인 소환수의 임무만 충실히 수행했다.

시바견은 다른 소환수들과 달리 각성 조건을 클리어하고 각성한 상태였다. 그 각성 조건이란 바로 술을 마시는 것(알코올을 섭취하는 것).

[시바견]
Lv.50

레벨 50의 시바견이 당민우를 서포트하기 시작했다.

* * *

우주는 사천당가까지 오면서 수많은 시체를 발견할 수 있었다. 전부 일반인이었다. UN그룹에 속해 있는 무인들은 이 처참한 광경을 보면서 다시 한번 테리우스에게 이를 갈았다.

테리우스와 싸우기 전, 해독 작업을 채민아에게 전부 맡겼을 때는 전진 속도가 정말 느렸다. 하지만 테리우스와 싸우면서 알코올의 다양한 사용법을 깨달은 우주가 시바견에게 한 것처럼 독을 대규모로 정화시키면서 당가로 빠르게 접근하고 있었다.

"독이 정화되고 있습니다!"

"정말이냐?"

청운진인은 청성파의 현판을 누렇게 만든 독 기운을 몰아내기 위해서 검을 들고 있던 상태였다. 독 기운이 올라온다는 사실을 알리려고 당민우에게 말을 전하는 것도 포기하고 청성의 모든 사람들을 소집했다.

그렇게 독으로부터 대피를 하려 했던 청성파의 사람들은 어느새 주변을 가득 메운 독무를 발견하고 사방에서 경계를 하는 중이었다. 다행히 내부로 독이 들어오지는 않았지만 시간이 계속 흐르게 된다면 전부 중독되어서 죽을 수도 있었다.

그때, 하늘에서 엄청난 빛이 번쩍거렸다. 갑자기 발생한 이 기현상(奇現象)에 밖을 주시하던 청성파의 무인들은 얼마 후, 독기가 사그라지기 시작하는 것을 볼 수 있었다.

독기가 사라지는 것을 본 청운진인은 청성산 아래로 미친 듯이 내려갔다. 청성산을 이 정도로 뒤덮은 독기라면 사천은 이미 지옥이 되었을 것이다.

'제발, 아미에서라도!!'

아미파에서라도 일반인들을 구하러 나왔다면 조금이라도 많은 사람들이 살았을 것이다. 욕을 먹어도 좋았다. 미친 듯이 달려서 도착한 더양시(중국, 사천의 지명)에서 청운진인은 무릎을 꿇었다.

생기가 전혀 느껴지지 않았다. 모든 사람들이 모두 죽은 것이다. 이래서는 당가로 갈 면목이 없었다. 청운진인은 말없이 일어나서 시민들의 시신을 하나하나 모았다.
"몇 명은 날 따라오도록. 당가로 가봐야겠다."
이런 사실을 눈치챈 것은 청성뿐만이 아니었다.
"어떻게 책임지실 겁니까."
정혜사태는 아미의 새로운 장문인을 노려보았다. 몇 시간 전, 당민우의 지원 요청에 정혜사태는 장문인에게 당가를 도와야 한다고 강력하게 어필했다. 하지만 아미파의 장문인 역시 드래곤이 개입되었다는 사실을 듣자마자 아미는 방관하겠다고 선언했다.
드래곤을 언급하자마자 태도를 달리하는 아미의 새 장문인을 정혜사태는 이해할 수 없었다. 현 장문인의 언니인 전 장문인이 드래곤의 브레스에 돌아가셨기 때문에 드래곤을 언급하면 분노할 줄 알았다.
하지만 아미파의 장문인은 드래곤을 두려워하고 있었다. 언니처럼 죽고 싶지 않았기 때문이다. 거기다 소림파처럼 아미가 멸문하는 것을 지켜볼 수 없었기 때문이기도 했다.
그렇게 드래곤으로부터 도망친 결과는 참혹했다. 하늘에서 엄청난 빛이 터져나오자 사태 파악을 위해서 제자 몇 명을 하산시켰다. 그리고 제자들이 들고 온 소식은 아미산 밑에 있는 아미산시(메이산시)의 시민들이 모두 중독되어 죽었다는 소식이었다.

그 소식을 들은 정혜사태는 장문인과 함께 아미파의 모든 제자들을 동원해서 시신을 모았다. 만약 당민우의 요청에 따라서 일반인들을 대피시켰더라면 이런 참혹한 사태까지 일어나지는 않았을 것이다.

"당가에… 당가에 가보거라……."

"알겠습니다."

정혜사태가 아미의 제자들을 데리고 당가로 출발했다. 그렇게 당가로 하나둘씩 사람들이 모이기 시작했다.

＊ ＊ ＊

[사천당가로 진입합니다. 사천당가의 최악의 독물, 음양쌍두사를 쓰러뜨려라.]

—사천성을 구하라. 더 이상 독이 퍼질 수 없게 음양쌍두사를 쓰러뜨리시오.

—난이도 : A

—제한시간 : 1시간

—보상 : 독정, 개인별 보상

—실패 시 페널티 : 사천의 독지화

우주의 파티가 사천당가의 정문을 넘으면서 받은 메시지였다. 목표를 확실하게 정해주는 시스템의 메시지에 우주

는 시바견이 있는 곳으로 달려갔다. 사실 시바견을 소환해서 보내놓기는 했는데, 개에게 너무 큰 임무를 맡긴 것이 아닐까하는 걱정을 했다.

독이 통하지 않는다고 하더라도 시바견은 개일 뿐이었다. 음양쌍두사 같은 독물을 마주치게 된다면 죽음을 피할 수 없다고 생각했다. 다행히 당가 안에서 느껴지는 기운 중에 익숙한 기운이 있었다.

"당민우의 기운이 느껴진다. 모두 당민우를 찾아서 보호해라!!"

우주가 가장 먼저 뛰어나가면서 소리치자 우주의 뒤를 UN그룹의 초이스들이 따랐다. 우주가 쏘아져 나가는 길로 독이 정화되었기 때문이다. 곧 그들은 당민우를 발견할 수 있었다.

"회장님. 당민우는 안전한 것 같습니다만?"

"저게 음양쌍두사인가요?"

"저놈이 음양쌍두사면 음양쌍두사랑 싸우는 재는 대체?"

당민우를 찾을 필요는 없었다. 당민우는 정말 안전하게 싸움을 구경만 하고 있었다. 우주는 음양쌍두사와 치열하게 싸우고 있는 거대한 갈색 늑대를 피해서 당민우에게 다가갔다.

"회장님."

당민우가 먼저 우주를 발견하고 우주를 불렀다. 우주는 당민우가 괜찮아보이자 당민우에게 물었다. 음양쌍두사는 정말 이름처럼 하나의 몸에 두개의 뱀 대가리를 가지고 있었기에 물어보지 않더라도 알 수 있었다.

"그런데 저건 어디서 튀어나온 늑대지?"

"회장님. 저게 개라면 믿으시겠습니까?"

"개? 설마?"

당민우의 말에 우주가 고개를 갸웃거리면서 음양쌍두사와 치열한 전투를 벌이고 있는 갈색 늑대(?)를 불렀다.

"시바견?"

그러자 음양쌍두사와 싸우고 있던 늑대가 잠시였지만 고개를 돌려서 우주를 돌아보았다. 우주는 갈색 늑대의 눈을 보고 저 늑대… 아니, 개가 시바견이라는 것을 알아차릴 수 있었다.

"시바. 괜히 걱정했네."

어떻게 된 일인지는 모르겠지만 '시바스리갈'로 소환한 시바견은 음양쌍두사와 싸울 수 있을 정도의 소환수였다. 독도 통하지 않는 몸으로 만들어놨으니 음양쌍두사는 지금쯤 미치고 팔짝 뛸 노릇일 것이 분명했다.

"키이익!!"

우주의 생각대로 음양쌍두사는 아무리 이빨로 물어서 독을 주입해도 중독되지 않는 시바견을 괴물이라고 생각하고 있었다. 어지간한 독물들도 물리는 순간 녹아내리는데 이놈의 개인지 늑대인지 모를 괴물은 몇 번을 물려도 끄떡없었다.

오히려 녀석이 물려고 하는 것을 본 음양쌍두사는 스스로가 독을 지니고 있는지 미심쩍어지기 시작했다.

"오래 끌면 위험할 것 같군."

음양쌍두사의 전신에서 점점 독기가 강하게 뿜어져 나오자 우주가 중얼거렸다. 독이 안 통하는 시바견은 모르겠지만 이곳에 있는 다른 인간들에게 음양쌍두사의 독은 충분히 위험했다.

"처리하자. 시바견. 신호하면 뒤로 빠지도록."

"컹!"

우주가 지시를 받은 시바견이 음양쌍두사 중 하나의 목을 물었다. 고통 때문인지 음양쌍두사가 몸부림쳤다.

"지금!"

우주의 신호에 시바견이 음양쌍두사에게서 떨어졌고, 드래곤과의 싸움으로 호흡을 맞췄던 UN그룹의 초이스들이 한번에 공격을 퍼붓기 시작했다.

"키에엑!!"

음양쌍두사의 비명이 울려퍼지면서 익숙한 알림 메시지가 빈 허공에 나타났다.

[음양쌍두사를 쓰러뜨렸습니다. 보상이 지급됩니다.]

[레벨이 올랐습니다. 레벨이 올랐습니다.]

['독정'을 획득하셨습니다.]

음양쌍두사가 쓰러지자 사천 당가를 뒤덮고 있던 독기가 걷혔다. 당민우는 허무한 표정으로 주변을 둘러보았다. 피폐해진 당가의 모습이 눈에 들어왔기 때문이다.

"피해가 크더구나."

"네. 크죠. 이제 당가의 후예는 저 혼자밖에 남지 않았으니까요."

우주는 당민우의 답변에 당민우가 바깥의 사정을 모르고 있다는 것을 깨달았다. 좋은 일은 아니었기에 일단은 이야기하지 않기로 했다.

"그나저나 드래곤은 어떻게 되었나요?"

당민우 역시 하늘을 뒤덮었던 빛을 보았다. 그 빛이 무엇을 의미하는 것인지는 몰랐기 때문에 당민우는 조심스럽게 우주에게 물었다.

"드래곤을 쓰러뜨리고 왔다."

"……!!!"

당민우는 우주의 말에 놀라면서 고개를 숙였다. 당가의 복수를 우주가 대신해준 것이나 다름없었다.

"고맙습니다."

"아니다. 정리를 도와주마."

"감사합니다."

당민우는 거절하지 않았다. 혼자서 당가를 정비하는 것은 무리였다. 초이스들의 도움을 받으면 조금 더 수월하게 당가를 정리할 수 있을 것이다.

"회장님."

"어. 알고 있어. 걱정 말고 안으로 들여."

우주네 일행은 음양쌍두사를 처리하고 여기저기 죽음을 맞이한 당가 식솔들의 시신을 수거하고 있었다. 그들은 시신을 수거하던 중 다가오는 일단의 무리를 보았지만 우주의 말에 따라서 시선 한번 주지 않고 하던 일을 마저 했다.

"청운진인님! 정혜사태님!"

당가의 정문에서 밖을 살피던 당민우가 청성파의 청운진인과 아미파의 정혜사태를 알아보고 둘을 불렀다. 당민우가 무사한 것을 본 청운진인과 정혜사태가 침통한 표정으로 고개를 떨어뜨렸다.

"왜 그러시죠?"

청운진인과 정혜사태의 표정이 이상한 것을 본 당민우가 앞으로 나가려는 것을 우주가 가로막았다.

"혹시 저들에게 도움을 요청했나?"

"네. 당가 내부로 들어가기 전에 청성과 아미에 도움을 요청했습니다."

"그렇단 말이지."

우주는 당민우의 말을 듣고 어떻게 된 상황인지 알 수 있었다. 당민우의 말을 들은 권창우와 남궁민 그리고 권왕이 우주의 옆으로 다가왔다. 우주는 그들이 분노하는 것을 보고 권왕에게 물었다.

"나서시겠습니까?"

"자네의 제안, 받아들이겠네."

권왕의 대답에 당민우와 함께 우주가 한발자국 물러섰다.

"무슨 일이 있었습니까?"

분위기가 좋지 않다는 것을 눈치챈 당민우가 우주에게 물었다. 우주는 말없이 권왕을 응시했다. 우주의 태도에 당민우 또한 권왕을 응시했다.

권왕은 기세를 끌어올리면서 청운진인과 정혜사태가 있는 곳으로 걸어가기 시작했다.

"청성과 아미에게 묻겠다."

"궈, 권왕을 뵙습니다."

권왕, 황보단의 기세를 받아내면서 청운진인이 힘겹게 입을 떼었다.

"청성과 아미는 당가의 요청에 어떻게 대응했는가!"

"죄, 죄송합니다."

청운진인이 무릎을 꿇자 당민우 역시 상황을 파악하고

두눈을 크게 떴다. 그렇게 도움을 요청했는데 그 요청을 청성과 아미에서 묵살했다면 최악의 상황이 벌어졌을 것이다.

"서, 설마."

"죄송하다는 말이 나오는가!!"

권왕의 기세가 폭발했다. 만약 둘 중 하나라도 당민우의 요청에 응답해주었더라면 많은 사람이 살았을 것이다.

"너희가 지금 무슨 짓을 했는지 알고 있는 것이냐!!!"

"죽을죄를 지었습니다!!"

이번에는 권왕의 기세를 받아내면서 정혜사태가 소리쳤다.

쿨럭—

하지만 무리해서 소리를 쳐서 그런 것인지 정혜사태가 피를 토했다. 정혜사태가 피를 토했지만 권왕은 기세를 거두지 않았다.

"너희들 때문에!! 죄 없는 일반인들이 몇 명이나 죽었는지!! 알고는 있느냐!!"

당민우는 우주를 지나쳐서 권왕이 있는 곳까지 걸어갔다. 당민우에게서도 권왕 못지않은 기세가 피어오르기 시작했다. 순수한 분노가 담겨 있는 기세였다.

"죽여주십쇼."

"누굽니까."

권왕이 있는 곳까지 걸어나온 당민우가 청운진인과 정혜사태에게 물었다. 당민우는 알고 있었다. 이들은 아무 죄가 없음을. 죄가 있는 것은 결정권을 가지고 있는 자들이었다.

"누가 반대했습니까!!"

"미안하네, 정말 미안하네. 전부 내 탓이네."

청운진인이 머리를 바닥에 찧으면서 당민우에게 빌기 시작했다. 이마가 터져서 피가 흘렀지만 청운진인은 개의치 않고 계속해서 머리를 바닥에 내려쳤다.

"아미와 청성에 전해라. 드래곤은 죽었다. 지금부터 사라진 중국무림협회를 무림맹으로 재건설하겠다. 무림맹주로는 내가 취임할 것이며, 남궁세가와 당가에서 지원을 아끼지 않을 것이라고 말이다. 그렇지 않느냐."

"물론입니다."

권왕이 기세를 거두면서 폭탄선언을 하자 정혜사태와 청운진인이 힘겹게 고개를 들었다.

"너희들이 그렇게 무서워하는 드래곤은 이제 없다. 믿고 안 믿고는 너희의 자유지만, 마지막 기회다. 내일 전 중국무림의 인원들을 소집하겠다. 그 자리에 참여해서 너희들의 죄를 샅샅이 고하거라!!"

드래곤이 죽었다는 말에 첫번째로 놀라고, 무림맹을 세우겠다는 말에 두번째로 놀란 정혜사태와 청운진인이 큰

소리로 대답했다.

“알겠습니다! 저희가 직접! 사실을 고하겠습니다!!”

“분명 너희 입으로 말했다!! 가거라. 가서 청성과 아미에 내 말을 전하거라!!”

권왕의 외침에 뒤에 있던 제자들이 청운진인과 정혜사태를 부축해서 청성과 아미로 돌아갔다. 우주는 권왕을 보고 물었다.

“일을 너무 크게 벌리신 거 아닙니까?”

“이번에 무림의 썩은 물들을 전부 갈아 치워버릴 걸세.”

“쉽지 않을 텐데요.”

“자네가 있지 않은가.”

우주는 권왕의 말에 허공을 바라봤다.

[중국무림협회가 괴멸되었습니다. 이를 대신해 무림맹이 발족하려고 합니다. 권왕, 황보단을 도와 중국무림의 평화에 기여하시겠습니까?]

—난이도 : A

—제한시간 : 없음

—보상 : 중국 무림

—실패 시 페널티 : 없음

최상의 조건이었다. 제한시간도 없었고 보상이 중국 무

림이었다. 반대로 이야기하면 얼마나 걸릴지 모르는 일이기도 했다. 우주는 잠시 고민했다가 생각해볼 것도 없다는 듯 권왕에게 말했다.

"죄송하지만 전 도움을 드리지 못할 것 같습니다. 한국에서 처리할 일이 많을 것 같거든요."

권왕에게 답변을 준 우주가 하늘을 바라보았다. 다크니스는 모습을 드러내지 않고 상공에서 우주 일행을 지켜보겠다고 말했다. 드래곤마저 소멸시켜버리는 우주의 강함에 감탄한 다크니스는 우주의 옆에서 유희를 즐기기로 했다.

우주도 그게 좋을 것 같다고 생각했다. 만약 다크니스가 다른 곳에서 난동이라도 피우게 된다면 또 드래곤이 나타났다고 난리를 칠것이 뻔했기 때문이다.

드래곤을 잡은 지금, 가장 먼저 해야 할 일은 정보 통제였다. 우주는 이번 싸움을 위해서 능력을 마음껏 드러냈다. 당장 우주의 부하들이 입고 있는 장비들 중에 하나만 시장에 풀리더라도 억만금을 얻을 수 있을 터였다. 그만큼 스텟을 희생하여 산 장비들의 희소가치는 어마어마했다.

그래서 우주는 고민하고 있었다. 이제 드래곤도 잡았겠다, 다시 장비를 회수해야 할 것만 같았기 때문이다. 하지만 줬던 것을 다시 뺏는 것도 모양이 이상했다. 일단 한국으로 돌아가서 정리를 해볼 생각이었다.

"그렇다면 할 수 없지."

우주는 권왕이 세력을 규합하기 위해 동분서주하는 것을 보면서 옆에 있는 권창우와 남궁민을 바라보았다.

"너희는 안 도와줘도 되겠어?"

"아버님께서 권왕님을 충분히 도와주실 수 있을 겁니다."

"그래? 창우는?"

우주의 물음에 권창우도 고개를 저었다.

"아직 전 회장님만큼 강해지지 못했습니다만?"

명백한 거절이었다. 권창우의 대답에 피식 웃은 우주가 소리쳤다.

"돌아가자! 집으로!"

"네!!"

드디어 우주는 레드 드래곤 테리우스를 쓰러뜨렸다는 것을 실감했다.

* * *

세상이 떠들썩해졌다. 대한민국 초이스 대책 본부 본부장 류시우가 충격적인 소식을 발표했기 때문이다.

"레드 드래곤 테리우스를 한국의 UN그룹에서 처단했습니다!"

사람들은 류시우의 말을 믿지 않았다. 드래곤은 하나의 그룹이 처리할 수 있는 존재가 아니라고 믿어서였다.

하지만 류시우가 준비한 영상을 틀자 모두가 놀란 눈빛으로 영상을 바라보았다.

"저럴 수가."

"인간이 맞는 것인가."

류시우는 우주가 예상했던 반응이 나오자 눈살을 찌푸렸다. 초이스 대책 본부가 세워진 이유가 무엇이었던가.

드래곤으로부터 인간들이 살아남기 위해서였다. 그런데 드래곤을 쓰러뜨리니까 좋아하기보다는 시기와 질투를 하고 있었다.

'아니, 두려워하는 건가.'

이 영상이 퍼지면 아무래도 UN그룹은 다른 나라에서 견제 대상이 1위가 될 것 같았다.

'뭐, 그래도 어쩔 수 없지.'

드래곤이 죽는 장면을 보여주긴 해야 했다. 거짓이 아닌 진실을 알려야 했기 때문이다. 또한 드래곤뿐만 아니라 세계 각국에는 아직 공략하지 못한 게이트들이 많았다. 이 영상을 보여줌으로써 UN그룹은 견제 대상이 될 수도 있었지만 가장 유명해질 수도 있었다.

류시우가 보여준 영상은 우주가 다크니스에게 부탁해서 얻은 마법 영상이었다. UN그룹의 모든 인원이 공격하는 장면부터 시작된 영상은 테리우스가 스킬 '코로나'로 인해서 재가 되는 장면까지 전부 담아내고 있었다.

"이래도 못 믿으시겠습니까?"

류시우는 영상이 끝나자 대책 본부에 모인 각국의 본부장들을 보면서 이야기했다. 어차피 이 영상은 류시우가 대책 본부 회의실에서 영상을 틀었을 때, 전 세계로 생중계되었다. 본부장들이 믿지 않더라 하더라도 전 세계 사람들은 알았을 것이다. UN그룹에서 드래곤을 쓰러뜨렸다는 것을 말이다.

우주는 치밀했다. UN그룹의 가치를 상승시키면서 동시에 전 세계 사람들에게 경고를 한 것이다. 만약 분수를 모르고 UN그룹에 덤빈다면 드래곤처럼 만들어버릴 수도 있다는 사실을.

한국으로 돌아온 우주가 제일 먼저 한 일은 마켓에서 '신용계약서'를 사는 일이었다. 장비를 다시 돌려받지 않고 계약서를 통해서 대여하는 시스템을 만들기로 한 것이다.

드래곤 슬레이어의 무구와 장비들은 그만한 가치가 있었기에 UN그룹 산하 초이스들은 우주의 말을 따랐다. 혹시 몰라서 추적 마법까지 달아놓은 우주는 마음 놓고 무구와 장비들을 다시 나눠주었다.

사실 빼돌리자고 마음만 먹으면 이런 계약서를 무효화시킬 수 있는 방법은 마켓에 많이 있었다. 그럼에도 불구하고 우주가 이렇게 최소한의 안전장치를 만들어놓은 이유는 괜히 UN그룹의 초이스들에게 접근하는 놈들을 제한하기 위해서였다.

계약서에 스스로가 떠나지 않는다면 너희는 언제든지 이 무구와 장비들을 사용할 수 있다는 조항을 명시하기도 했다. 그만큼 UN그룹 산하의 초이스들을 믿는다는 말이기도 했다. 가장 큰 문제인 드래곤에 대한 소식을 전 세계에 알림과 동시에 회사의 위상을 상승시켰다.

장비에 대한 문제도 일단락시켰으니, 이제 남은건 드래곤을 쓰러뜨리고 얻은 보상에 대한 문제였다.

기본적으로 보상은 각자 지급되었기 때문에 본인이 받은 보상은 각자 가지는 걸로 했다. 그럼 문제될 것이 전혀 없었다. 우주가 신경 쓰이는 것은 바로 우주가 얻은 보상 때문이다.

"'타차원으로의 진입.' 아이템 확인."

[타차원으로의 진입(신)]

―타차원으로 진입할 수 있는 아이템. 단, 한번만 사용할 수 있다.

―필요 재료 : 독정(1/1), 화정(1/1), 빙정(1/1), 목정(0/1), 지정(0/1)

무려 신급 아이템이었다. 전설급 아이템도 많이 보지 못했는데, 신급 아이템을 얻게 되자 우주는 어안이 벙벙했다. 거기다 필요한 재료 아이템을 이미 3개나 가지고 있었다.

"타차원이란 말은 이계를 말하는 건가?"

어쩌면 시스템이 도입되고 초이스가 만들어진 이유에 대해서 파헤쳐볼 수 있는 아이템일지도 몰랐다. 우주가 목표로 하는 것은 이 비틀어진 세상을 다시 안전한 원래의 세상으로 되돌려놓는 것이다.

목정과 지정에 대해서 알아볼 필요성을 느낀 우주는 권창우를 불렀다.

쾅!

"뭐야? 왜 그렇게 뛰어와?"

"회장님. 죄송한데 지금 밖에!!!"

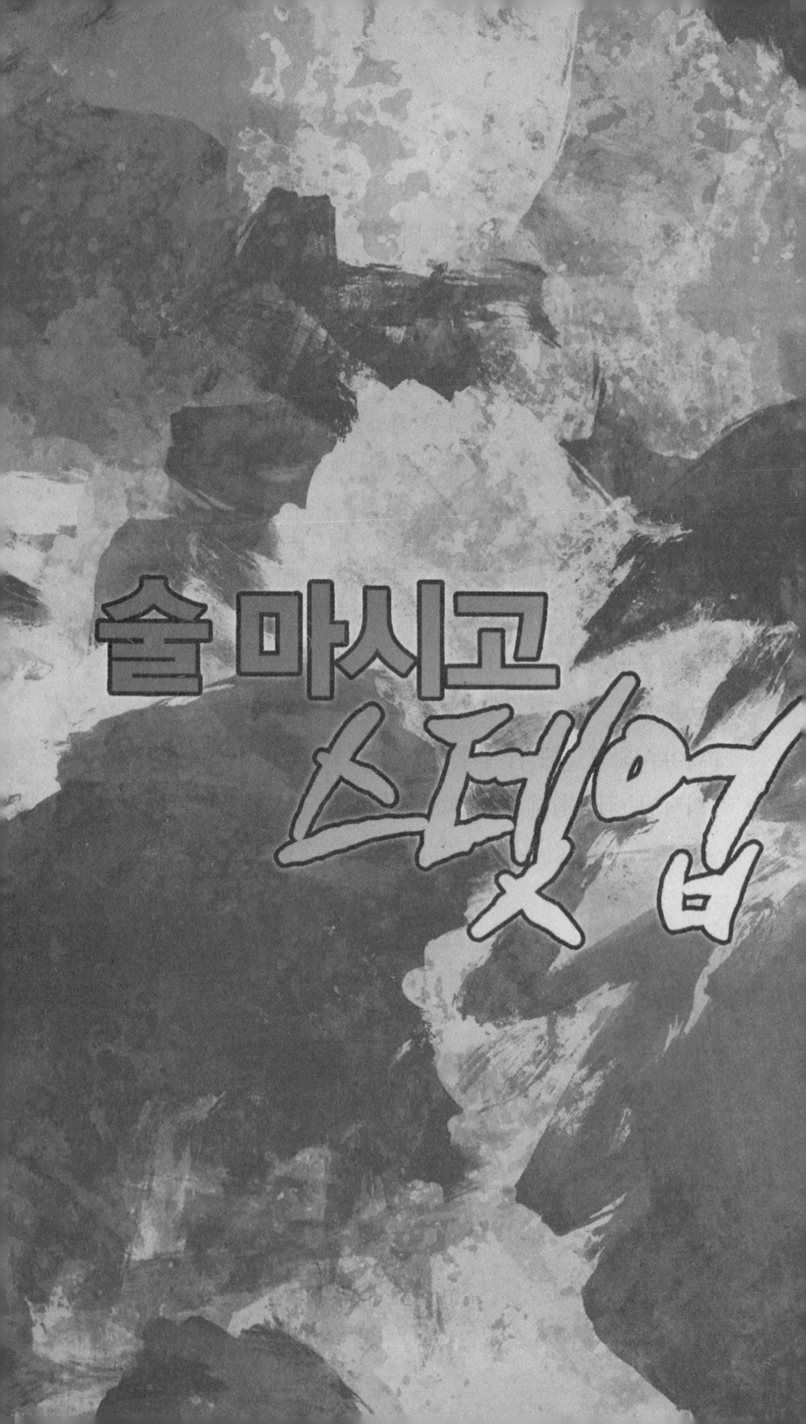

술 마시고
스텝업

사대신수

호세 쿠에르보는 우주가 드래곤을 쓰러뜨리는 모습을 보고 주먹을 움켜쥐었다.

시뮬레이션 그리핀도 쓰러뜨리지 못하는 자신이었다. 더 이상 정공법으로는 우주를 뛰어넘을 수 없었다.

"데킬라로는 무리인건가?"

데킬라 초이스로 선택받았다. 우주도 분명 술과 관련된 초이스라고 생각했다.

그래서 그를 뛰어넘을 수 있을 줄 알았다. 호세 쿠에르보는 데킬라를 술 중에서 최고라고 생각했으니까 말이다.

하지만 데킬라로는 아무것도 할 수 없었다. 그렇게 좌절하고 있는 호세의 방에 마르틴이 문을 열고 들어왔다.

"이러고 있는 것을 보니 영상을 봤나보군."

"무슨 일이야?"

"네가 이러고 있을 것 같아서 왔다. 한가지만 물어보자."

호세는 초점 없는 눈으로 마르틴을 돌아봤다. 마르틴은 초췌한 몰골의 호세를 보고 이를 악물었다. 그가 보고 싶은 것은 호세가 최고가 되는 것이다.

"박우주를 뛰어넘기만 하면 되는 건가? 수단과 방법이 아직도 중요한가?"

수단과 방법이라는 말에 호세가 반응했다. 정공법이 실패했으니 이제 남은 것은…….

"수단과 방법을 가리지 않으면 뛰어넘을 수 있어?"

"확실하지는 않지만 가능성은 있다고 생각한다."

호세의 눈빛이 다시 뚜렷해졌다. 마르틴은 믿을 만한 녀석이었다.

가능성이라도 상관없었다. 이제는 무슨 수를 써서라도 박우주를 뛰어넘고 싶었다.

"무슨 방법이지?"

"계약을 통해서 강해지는 방법이 있다고 하더군."

"계약?"

호세가 궁금해하자 마르틴이 휴대용 가상현실 시스템으로 한 인물의 모습을 띄웠다.

"암흑가를 지배하는 초이스라고 하더군. 이름은 데이브. 계약의 초이스라고 한다. 그와 만나고 난 후에 비약적으로 강해진 초이스들이 많다는 정보를 입수했다."

"조건은?"

공짜로 계약을 진행해줄 리가 없었다. 무려 암흑가를 지배하는 초이스가 말이다.

"지부 하나를 달라고 하더군. 어차피 계약은 계약자의 능력에 달려 있다고 하면서."

나쁘지 않은 조건이었다. 암흑가의 사람이니 술을 공급하기 위해 지부를 하나 달라고 했을 것이다.

그보다 호세는 계약이 계약자의 능력에 달려 있다는 말이 더 신경 쓰였다.

"계약자의 능력이 떨어지면?"

"그건 만나서 물어봐야 될 것 같은데."

"좋아. 할게."

우주보다 강해질 수 있다면 호세는 무엇이든 할 생각이 있었다.

* * *

밖으로 나온 우주가 하늘에서 고고하게 지상을 내려다보고 있는 청룡을 바라봤다.

전신에 소름이 돋았다. 드래곤보다 위압감이 더 느껴졌다.

"용?"

청룡은 난동을 부릴 생각은 없어 보였다. 단지 누군가를 바라보고 있었을 뿐이다.

청룡의 시선을 따라가자 피투성이가 된 누군가를 볼 수 있었다.

"백무환?"

초이스 아카데미를 졸업한 백무환을 청룡이 내려다보고 있다는 것을 깨달은 우주가 움직였다.

"회, 회장님."

"무슨 일인지는 모르겠지만 도움이 필요한 거겠지?"

백무환이 힘겹게 고개를 끄덕이자 백무환을 등진 우주가 청룡을 보면서 말했다.

"자. 이제 네 상대는 나야."

—참으로 가소롭구나.

우주의 말에 청룡이 우주의 머릿속으로 말을 전달했다. 우주는 머릿속으로 울려퍼지는 청룡의 목소리에 씨익 웃었다. 드래곤이나 용이나 어차피 같은 종이었다.

"그러고 보니 아직 칭호를 장착하지 않았네. 칭호 '드래곤 슬레이어' 장착."

청룡을 본 우주가 칭호 '기적을 일으킨 자'를 해제하고,

테리우스를 잡고 얻은 칭호 '드래곤 슬레이어'를 장착했다.

[칭호 '드래곤 슬레이어'를 장착합니다.]
[드래곤 슬레이어]
—드래곤을 죽여 본 그대, 앞으로 드래곤과 같은 종의 몬스터를 상대함에 있어서 강인함이 상승합니다.
—드래곤 피어 무효화
—드래곤 브레스 저항 30%
—드래곤을 상대로 공격력이 100% 증가합니다.
—드래곤을 상대로 방어력이 100% 증가합니다.

사기적인 칭호였다.
드래곤을 상대할 때는 2배나 더 강해지는 것과 같았다.
그리고 이건 청룡을 상대함에 있어서도 마찬가지였다.
"누가 가소로운지는 붙어보면 알겠지."
어디서 튀어나온 몬스터인지는 모르겠지만 드래곤처럼 오만했다.
"조심하십시오. 저래 봬도 신수입니다."
"신수?"
백무환의 말에 우주가 중얼거렸다. 신수라는 말은 청룡, 백호, 주작, 현무 중의 청룡이라는 말이었다. 그런데 대체

신수와 백무환은 왜 싸우고 있던 것일까.
"뭐, 그건 나중에 들어도 되니까."
지금은 청룡을 상대하는 것이 먼저였다.
청룡의 푸른 비늘이 번쩍인다 싶은 순간, 푸른 비늘이 하늘을 뒤덮었다.
우주는 비늘을 보자마자 양손에 술병을 꺼내 뚜껑을 따고 술을 뿌렸다.
"알코올 속성 변환, '방(防)'."
그러자 우주가 술을 뿌린 공간에 방어벽이 생겼다. 백무환을 보호하는 것까지 해야 했기 때문에 우주는 운신이 자유롭지 못했다.
청룡이 뿌린 푸른 비늘은 우주의 방어막을 뚫지 못했다.
한번 방어를 했으니 이번에는 우주가 공격을 할 차례였다.
역시 원거리 공격은 술 폭탄이 진리였다. 기주를 한번에 여러 개 꺼내서 공중으로 띄운 우주가 발로 축구공을 차듯이 기주를 찼다.
기주가 깨지지 않도록 내공을 두르는 것 또한 잊지 않았다.
우주가 차버린 기주는 청룡을 향해서 총알 같은 스피드로 날아갔다. 청룡은 날아오는 기주를 보고 앞발을 휘둘렀다.

"알코올 속성 변환, '폭(爆)'."

펑!

기주를 앞발로 쳐내려 했던 청룡은 앞발에서 느껴지는 통증에 인상을 찌푸렸다.

버릇없는 인간의 버릇을 고쳐주려고 했다가 아픔을 느끼게 되자 청룡은 분노했다.

청룡이 입에 물고 있던 여의주에서 푸른빛이 번쩍이면서 모든 것을 파괴하는 에너지가 광선이 되어서 쏘아졌다.

우주는 본능적으로 여의주에서 쏘아진 광선이 가지고 있는 힘을 느끼고 몸을 피하려 했다.

'잠깐, 여기 서울 한복판이잖아?'

이대로 몸을 피하면 이 건물에 있는 사람들은 전부 죽고 말 것이다. 고민은 순간이었다. 일반인이 죽는 것을 두고 볼 수는 없었다.

"스킬, '빈땅(Bintang)' 시전."

[스킬, '빈땅'을 시전합니다. 적과 나를 빈 땅으로 이동시킵니다.]

스킬이 시전되면서 공간이 뒤바뀐 것을 확인한 우주가 미련 없이 몸을 날렸다.

청룡의 파괴광선은 빈 땅을 파헤쳐놓았다.

"공간을 이동했다고?"

신수씩이나 되어서 공간 이동을 강제로 당했다는 소문이 퍼지면 다른 신수들이 비웃을 것이 뻔했다.

청룡은 우주를 죽여서 입막음을 시켜야겠다고 생각했다.

청룡이 부릴 수 있는 능력은 하늘과 관련이 깊었다. 여의주를 이용한 파괴광선마저 통하지 않는다면 이번에는 번개를 내리칠 생각이었다.

먹구름이 몰려드는 것을 본 우주 역시 같은 생각을 했다. 그리핀의 스킬을 얻은 우주도 바람과 번개를 다룰 수 있었다.

"뇌우(雷雨)!!"

"윈드 오브 썬더!!"

서로가 서로에게 번개를 내리친 꼴이었다.

청룡은 번개가 당연히 우주를 노릴 줄 알았고, 우주는 번개가 당연히 청룡을 노릴 줄 알았다.

둘 다 전혀 방어 태세를 취하지 않은 상태였고, 둘은 번개에 직격타를 맞을 수밖에 없었다.

"크으윽."

"으으."

대미지는 청룡이 더 컸다. 칭호 '드래곤 슬레이어'의 효과로 우주의 공격력이 100% 증가했고, 방어력 또한

100% 증가해서였다.

같은 번개였지만 우주가 떨어뜨린 번개와 청룡이 떨어뜨린 번개는 분명한 차이가 있었다.

번개에 당했지만 우주는 크게 대미지를 입지 않았고 청룡보다 빨리 통증에서 벗어났다.

이러한 이유 때문에 우주는 청룡이 혼비백산한 사이, 추가로 공격을 더 할 수 있었다.

지금이 기회라고 생각한 우주가 코로나처럼 비장의 스킬이라고 생각하는 스킬을 시전했다.

"스킬, '이네딧 담(Inedit Damm)' 시전."

[이네딧 담이 시전됩니다. 예전에 시도된 적이 없는 담을 적에게 부여합니다.]

"커헉."

청룡이 신음을 뱉어냈다. 신수가 담에 걸려보는 것은 처음이었을 것이다.

담이란 인체의 기혈이 순조롭게 운행되지 않아서 장부의 진액이 일정 부위에 몰려 걸쭉하고 탁하게 된것을 말하며, 병을 일으키는 요인이었다.

즉 기혈을 인위적으로 꼬아버린 것이나 다름없었다.

신수에게도 분명 기가 흐르는 기혈이 있었다.

번개에 당한 상태에 담까지 오자 청룡은 난생 처음 느껴보는 고통에 몸부림쳤다. 우주는 지금이 청룡을 끝장낼 수 있는 기회라고 생각하고 최후의 공격을 감행했다.

그동안 우주에게는 필살기라고 할 만한 것이 따로 없었다. 필살기라고 하면 칭호 '술고래' 정도를 필살기라고 부를 만했다. 그랬던 우주가 테리우스와 싸우면서 얻은 깨달음으로 새로운 필살기를 개발했다.

'테리우스를 재로 만들어버릴 정도의 코로나를 알코올 속성 변환으로 만들어낼 수는 없을까?'라는 생각이 시작이었다.

코로나는 태양이었다. 그리고 스킬의 효과 없이 태양을 소환하는 것은 무리였다. 그렇지만 적어도 태양의 열기만큼 강렬한 온도를 소환할 수는 있을 것 같았다.

그 방법은 바로 중첩이었다. 코로나는 섭씨 100만도씨의 열기를 지니고 있었다.

그렇다면 불꽃을 피워서 100만도씨의 열을 낼 수 있으면 코로나만큼의 기술을 사용할 수 있다는 말이었다.

기혈이 뒤틀려서 고통스러워하는 청룡의 앞에 허공을 밟고 올라선 우주가 아공간을 열어서 한꺼번에 많은 양의 술병을 청룡의 머리 위로 블링크시켰다.

청룡의 머리 위로 술병이 떨어지기가 무섭게 우주가 외쳤다.

"알코올 속성 변환. '공(空)'."
"중첩 속성 변환 '환(煥)'."
술이 청룡의 몸에 닿는 순간, 청룡은 우주가 만들어낸 공간 속으로 빨려 들어갔다.
그리고 곧 그 공간이 불꽃이 되어버렸다.
결국 불꽃 안에 갇힌 신세가 되어버린 청룡은 한낱 인간이 부리는 술수에 놀아나고 있다는 사실에 짜증이 났다.
청룡은 한숨을 쉬고 중얼거렸다.
"인정하마. 네놈이 강하다는 것을. 하지만 이게 전부라면 조금 실망이다."
화르륵.
불꽃 속에서 날개가 솟아났다.
우주는 갑자기 나타난 엄청난 기운에 입술을 깨물었다.
하나는 상대할 수 있었는데, 둘은 무리였다.
어째 시련이 하나 끝나면 곧바로 다음 시련이 찾아오는지 우주는 짜증이 날 지경이었다.
"주작."
화염의 날개를 퍼덕이는 주작을 보면서 우주가 한숨을 쉬었다.
주작이 갑자기 나타난 이유를 추리해보자면 같은 신수인 청룡이 위기에 처한 것을 알고 주작이 구하러 온 듯했다.
"도와주지 않았다면 눼졌을 거면서. 어쨌든 청룡도 상태가 좋지 않으니 오늘은 그냥 가마. 백가문의 후예에게 전해라. 우리를 건드리지 말라고."

주작의 날개가 화염을 일으켜서 청룡을 감싸자 주작과 청룡은 마치 원래 그곳에 없었던 것처럼 사라져버렸다. 가공할 공간 이동이었다.

"젠장."

청룡과 주작이 사라지고 UN그룹으로 돌아온 우주는 회장실에서 우주를 기다리고 있던 권창우와 남궁민, 손민수와 백무환을 볼 수 있었다.

지금 밖은 난리도 아니었다.

서울 한 복판에 용이 출현했다는 사실과 그 용과 함께 사라진 우주에 대한 이야기로 세계가 다시 한번 들썩였다.

드래곤을 잡은지 며칠도 되지 않았건만 다시 용이 나타났다는 사실에 시민들은 다시 공포에 떨었다.

"백무환."

"네. 회장님."

우주가 백무환을 불렀다. 백가문의 후예라는 것은 백무환을 말하는 것이 분명했다.

백무환에게 자초지종에 대해서 들을 필요가 있었다.

"할 말이 많지만 일단 네 얘기부터 들어보겠다."

"감사합니다."

우주는 묻는 것보다 듣는 것을 선택했다.

백무환은 할 말이 많은 것 같았다.
그렇게 우주는 백무환의 이야기를 듣기 시작했다.

* * *

백(白)가문.
대한민국의 수호가문의 이름이 바로 백가문이었다.
역사에 등장하지는 않지만 백가문은 대한민국이 위기에 처했을 때마다 몰래 뒤에서 지원을 해왔다.
그리고 이런 지원이 가능했던 이유는 사대신수의 힘 때문이다.
백가문의 후예는 항상 사대신수의 힘을 다룰 수 있었다.
그렇게 누가 원하지 않았는데도 불구하고 백가문은 먼저 나서서 도움을 주고는 했다.
그렇게 백가문은 대한민국의 수호자로 몇 백 년을 살아왔다.
하지만 게이트가 열리면서 백가문은 더 이상 사대신수의 힘을 사용할 수 없게 되었다.
백가문의 29대 문주가 된 백무환은 예언을 통해 이런 상황에 대해서 인지하고 있었다.

[세상이 개벽했을 때, 사대신수가 나타나 세계를 멸망시

킬 것이다.]

사대신수의 힘을 사용할 수 없는 것은 사대신수가 더 이상 힘을 빌려주는 것을 거부했기 때문이다.

분명 어딘가에 사대신수는 현계에 살아 숨 쉬고 있을 터였다.

사대신수를 막아야겠다는 사명감을 지닌 백무환은 강해져야만 했다.

백가문이 강했던 이유는 사대신수의 힘을 다룰 수 있어서였다.

하지만 사대신수의 힘을 잃은 지금, 백무환은 초이스로서 강해져야 했다.

백무환은 이러한 이유로 초이스 아카데미에 들어가게 되었던 것이다.

거기서 우주를 만나면서 백무환은 어쩌면 우주가 예언에 나오는 사람일지도 모른다고 생각했다.

백가문의 예언에는 세계를 구원해줄 구원자에 대해서도 명시되어 있었다.

[세계가 불타오르고, 번개가 내리치고, 바다가 뒤집히고, 땅이 갈라졌을 때, 구원자가 나타나 사대신수를 원래의 세상으로 돌려보낼 것이다.]

처음에 백무환은 구원자가 자신일 것이라 생각했다. 하지만 우주를 보고 난 후에 생각이 바뀌었다.

강해질 것이라 다짐했지만 지금 자신은 우주보다 약한 존재였다.

그렇지만 사대신수에 대한 퀘스트는 백무환만 받고 있었기에 사대신수를 막기 위해 혼자서 노력할 생각이었다.

그때 우주는 드래곤을 상대한다고 정신없었다.

그리고 사대신수가 나타날 장소에 백무환은 미리 가서 기다렸다.

네마리 전부도 아니었다. 처음에는 주작을 막으러 갔다. 그런데 그 장소에 나타난 것은 주작이 아니라 청룡이었다.

청룡을 만난 백무환은 청룡의 비늘을 만져보지도 못하고 피투성이가 되었다.

백무환은 미리 실패할 것을 대비해서 마켓에서 사두었던 귀환서를 찢었다.

그렇게 청룡과 함께 UN그룹의 근처에 나타난 것이다.

"결국 나에게 다 떠넘기려고 왔단 말이네."

이야기를 다 들은 우주가 백무환에게 말했다.

백무환은 우주의 말에 주먹을 움켜쥐었다.

우주의 말이 다 맞는 말이었기 때문이다.

"부탁드립니다. 제 힘으로는 사대신수 중 하나인 청룡도 막지 못했습니다."

백무환이 고개를 숙이면서 우주에게 부탁했다.

"다시 묻겠다. 백무환, 네가 나에게 온 이유가 무엇이지?"

백무환은 고개를 들어서 우주를 바라보았다.

백무환은 우주를 찾아온 진정한 이유에 대해서 생각해보았다.

"사대신수에 대해서 말씀드리러 왔습니다."

혼자 힘으로 사대신수를 처리하지 못했을 때 죽지 않고 우주에게 온 이유.

그것은 우주가 사대신수를 쓰러뜨리기 쉽도록 사대신수가 어떤 신수들인지 자세하게 알려주기 위해서였다.

"좋아. 얘기해봐."

백무환이 사대신수에 대해서 설명하기 시작했다.

대부분이 알고 있는 사실처럼 사대신수는 청룡, 주작, 백호, 현무를 말했다. 사실 각 나라마다 신수에 대한 것이 달랐기에 사대신수는 한국에서만 유명한 신수였다.

청룡은 동쪽을 다스리는 구름의 신수였으며, 주작은 남쪽을 다스리는 불의 신수였고, 백호는 서쪽을 다스리는 땅의 신수, 현무는 북쪽을 다스리는 물을 신수였다.

먼저 청룡은 우주가 이미 보았지만, 백무환의 설명을 빌리자면 동방의 용의 모습과 똑같은 모습이라고 했다.

더듬이처럼 끝이 말린 뿔과 매끈한 이마, 길게 내민 혀, 넓고 뾰족한 귀와 찢어진 눈, 몸통 굵기의 꼬리, 기다란 몸뚱이에 비늘이 붙었고, 가시가 달린 파충류와 비슷한 모습으로 백무환은 묘사했다.

다음으로 주작은 현실과 상상의 동물이 복합된 봉황의 모습으로 묘사되었다.

붉은 봉황의 모습이 바로 주작이라고 백무환은 말했다.

주작 역시 청룡을 도와주러 왔기에 우주는 그 모습을 확실히 알 수 있었다.

백호의 모습은 일반적인 흰색 줄무늬 호랑이와 같았다.

하지만 일반 호랑이와 다른 점은 호랑이보다 더 거대한 몸집과 더 빠른 속도를 지녔다는 것이다.

특징은 붉은 눈과 위아래로 뻗은 희고 날카로운 송곳니, 앞으로 내밀어 들어올린 앞발이었다.

현무는 거북과 뱀이 합쳐진 모습이라고 했다.

몸에 비늘과 두꺼운 껍질이 있는 거북이의 모습이라고 백무환은 설명했다.

이렇게 그들의 모습을 대충 설명하긴 했지만 보통 우리가 알고 상상하고 있는 신수들의 모습과 똑같은 설명이었다.

그래서 우주는 시큰둥한 표정으로 백무환의 설명을 듣고 있었다.

우주가 궁금한 것은 그들의 약점 혹은 싸울 때 조심해야 하는 것들이다.

사대신수의 힘을 다뤄보았다면 그들의 공격법에 대해서도 잘 알고 있으리라 생각되었기 때문이다.

"만약 한마리씩 신수를 상대하게 된다면 각 속성의 상극인 속성으로 공격할 때 많은 대미지를 입게 될 것입니다. 그렇지만 두마리 혹은 그 이상의 신수들을 상대하게 된다면 상극인 속성을 사용하지 말고 그들과 같은 속성을 더욱 강하게 사용하여 맞대응하는 것이 훨씬 좋은 방법이라고 생각합니다."

"이유는?"

"두, 세마리 이상의 신수를 상대하게 되면 신수들의 공격이 시너지를 발휘해서 더 강해지거나 불협화음을 일으킬 가능성이 큽니다. 그리고 회장님께서는 그 틈을 노려야 합니다."

백무환의 말에 우주가 고개를 끄덕였다. 확실히 속성끼리 융합이 되어서 공격이 들어오면 골치 아파졌다.

하나의 속성은 상극인 속성으로 대응하면 되지만 두가지 이상의 속성이 합쳐지면 그보다 강한 힘이 아니고서야 받아치기 어려운 것이 현실이었다.

우주는 백무환의 말이 꽤 도움이 된다는 사실을 깨달았다.

사대신수에 대해서 가장 잘 아는 것은 역시 백무환이었다.

"나는 혼자다. 물론 우리 그룹의 초이스들이 있기는 하지만 제대로 된 공격이 먹히는 것은 나 정도밖에 없겠지. 혼자서 네 마리의 신수를 다 처리하는 것은 무리가 있다고 생각한다."

"최대한 한마리씩 처리를 하는 것이……."

물론 그럴 수 있다면 최상이긴 했다.

이미 청룡을 혼자서 잡을 수 있을 정도라는 것을 확인했으니까 말이다.

그렇지만 이미 한번 호되게 당한 청룡은 절대 혼자서 나서려고 하지 않을 것이다.

"지금보다 더 강해진다면 사대신수 한마리라도 상대할 수 있지 않을까?"

"지금보다 더……?"

적어도 한마리라도 백무환이 상대를 해준다면 우주는 조금 더 편하게 나머지 신수들을 상대할 수 있었다.

이건 비단 백무환에게만 국한된 일이 아니었다.

초이스의 2단계 각성에 대해서 깨달은 우주는 UN그룹의 초이스들에게 각성 단계에 대해서 알려줄 생각이었다.

전부 다 각성할 수는 없을지도 모르지만 몇 명이라도 더 강해지면 어떤 부분에서라도 도움이 될것이 분명했다.

"대한민국의 수호가문이라며?"

"강해지고 싶습니다!!"

백무환이 성장할 때까지 신수들이 기다려줄지는 미지수였지만 우주는 최대한 백무환을 키워볼 생각이었다.

대한민국의 수호자란 칭호는 아무나 가질 수 없었다.

"창우야. 모두 불러 모아."

"네. 알겠습니다."

모두에게도 현실을 가르쳐줄 필요성이 있었다.

지이잉, 지이잉.

권창우가 모두를 부르러 간 사이, 우주의 사무실에 있던 휴대폰이 진동하기 시작했다.

꽤 많은 사람들에게 전화가 와 있었고, 지금 전화는 류시우에게 걸려온 전화였다.

우주가 한숨을 쉬면서 전화를 받았다.

"어."

"여보세요? 괜찮으십니까?!"

"호들갑 떨지마."

"넵."

우주가 청룡에게 끌려가 싸우는 동안, 타국의 초이스 대책 본부 본부장에게 꽤나 시달렸을 류시우를 생각하니 피식 웃음이 나왔다.

"무슨 일이야?"

"아, 그게……."
"살아 있는거 확인했으면 끊는다."
"회……."
뚜, 뚜, 뚜…….
전화를 끊어버린 우주가 부재중 전화 목록을 살펴보았다.
가족들에게도 부재중전화가 와 있었다.
그러고 보니 가족들에게 연락하지 못했다는 것을 깨달은 우주가 난처한 표정을 지었다.
자주자주 연락하지 않는다고 잔소리를 할 사람들이 너무 많았다.
정말 드래곤이나 사대신수만 아니었으면 돈도 많이 벌었겠다, 가족들과 유유자적하게 여행이나 갔을 텐데… 그러지 못하고 이렇게 시달리고 있는 것이 짜증났다.
하루라도 빨리 모든 일을 마무리 짓고 쉬고 싶었다.
우주는 걸려온 부재중 전화 표시 옆에 있는 통화 버튼을 눌렀다.

* * *

"여보세요. 우주니? 괜찮아? 티비 보고 깜짝 놀랐단다. 걱정했잖니. 그래. 다친 곳은 없고?"

"오빠야?"

이주영이 통화를 하는 모습에 아영이 다가와서 물었다.

이주영이 고개를 끄덕이자 우주의 가족들이 이주영에게 모였다.

모두가 전화를 받고 싶어 하는 눈치를 보이자 이주영이 웃으면서 아영에게 휴대폰을 넘겼다.

"오빠!! 이제 전화하면 어떡해!! 언니가 얼마나 걱정했는지 알아?! 어, 알겠어."

우주의 집에서 지예천과 함께 초이스 적응 도우미라는 명목으로 김예나도 우주의 가족들과 같이 지내고 있었다.

옆에서 우주와 전화하고 있는 아영을 본 김예나는 다행이라는 표정을 짓고 있었다.

겉으로는 아무렇지 않은 척 지내고 있었지만 내심 우주를 걱정하고 있었기 때문이다.

"언니, 여기. 오빠가 바꾸래."

"응?"

휴대폰을 넘겨받은 김예나가 귀에 휴대폰을 대었다.

"여보세요."

김예나는 이 한마디를 하고 가만히 우주가 하는 말을 듣고만 있었다.

우주가 하는 말을 듣고 있던 김예나는 솟구치는 눈물을 참았다.

"언니, 울어?"

아영의 말에 고개를 저은 김예나가 휴대폰 너머의 우주에게 말했다.

"고마워요. 그럼 무운을 빌게요."

전화를 끊었는지 김예나가 휴대폰을 내려놓았다.

무슨 이야기가 오갔는지 궁금했지만 이주영과 아영은 김예나에게 묻지 않았다.

김예나가 행복한 표정을 짓고 있었기 때문이다.

"자. 회장님과 통화가 끝났으면 다시 시작하죠. 회장님께서 가족분들이 이러고 계신다는 것을 알게 되면 저는 죽은 목숨입니다. 모두 비밀은 철저하게 지켜주세요."

"걱정 마요. 저희가 하고 싶어서 하는 일이잖아요."

이주영이 몸을 풀면서 앞으로 나섰다.

그녀가 지나가는 길에는 몬스터의 사체가 가득했다.

우주의 가족이 지금 서 있는 곳, 그곳은 게이트 안이었다.

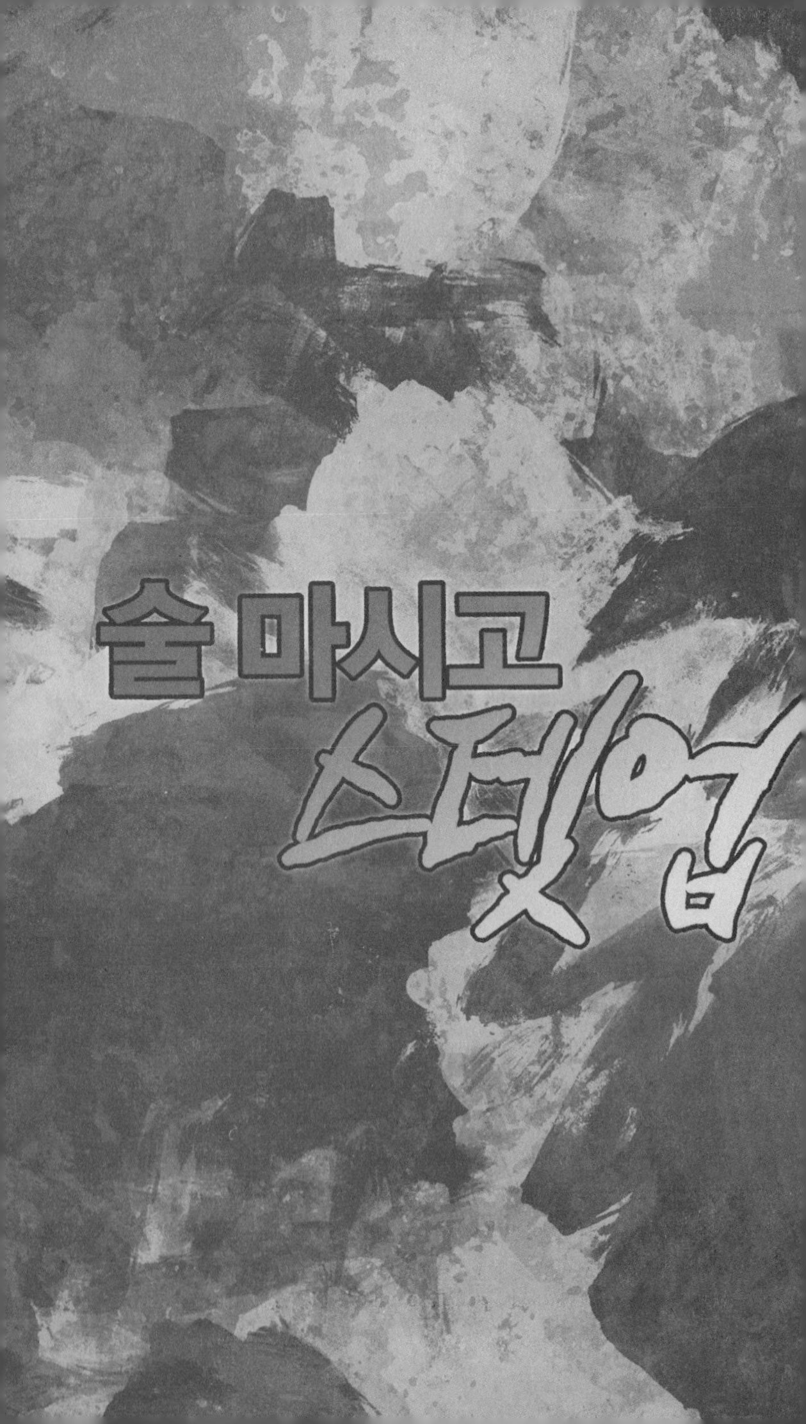
술 마시고
스텝업

초이스 2단계

우주의 가족들은 우주에게 짐이 되기 싫었다. 그래서 빠른 속도로 강해지고 싶었다.

그것도 우주 몰래 강해지고 싶어 했다.

그렇게 우주의 가족들은 지예천과 김예나에게 강해질 수 있는 방법에 대해서 묻기 시작했다.

지예천은 처음에 강하게 반대했다. 빠른 시일 내에 강해질 수 있는 방법은 그가 알기로 단 한가지 방법밖에 없었다.

그 한가지 방법은 바로 실전이었다.

그래서 지예천은 절대 허락해줄 생각이 없었다. 경호원

이라는 놈이 지켜야 할 대상들이 위험한 곳으로 가는 것을 그냥 놔둘 리가 없었다.

지예천이 완강하게 반대하자 가족들은 타깃을 김예나로 변경했다.

김예나는 가족들이 초이스의 능력에 적응할 수 있도록 최대한 도와주고 있었다.

물론 절대 무리는 하지 않았다. 김예나는 전형적인 서포트 초이스였다.

[김예나]
Lv.27

초이스가 된지 얼마 되지 않았는데도 불구하고 초이스 최하급팀에서 훈련받은 결과 레벨도 많이 올라 있었다.

"네? 빨리 강해지고 싶다고요?"

아영과 가벼운 대련을 하고 있던 김예나가 아영의 말에 웃으면서 대답했다.

아영도 김예나처럼 서포트 초이스였기에 김예나는 아영을 가르치는 것이 참 수월했다.

"언니! 웃지 말구요! 심각해요, 전!"

심각하다는 아영이의 말에 김예나가 부드럽게 이야기했다.

"아가씨. 급하게 마음먹지 마세요."

급할수록 체하는 법이다. 특히 갓 초이스가 된 케이스라면 차근차근 단계를 밟아서 강해지는 것이 정석이었다.

이끌어주는 사람들도 있으니 너무 급하게 마음먹지 말고 하라는 대로 하고 시간이 지나면 강해진 스스로의 모습을 깨닫게 될 것이라고 김예나는 생각했다.

"그렇지만!"

"그리고 이곳의 결정권자는 제가 아니랍니다."

결국 지예천을 구워삶아야 된다는 이야기였다.

아영은 엄마와 아빠를 동시에 상대하고 있는 지예천을 바라보면서 중얼거렸다.

"큥. 어떻게 해야 하지."

우주의 가족들은 천성적으로 싸움을 잘 못했다.

어릴 때부터 남을 때려본 적이 없는 사람들이었기에 몬스터를 죽인다는 사실에 거부감마저 가지고 있는 사람들이었다.

그런 사람들을 훈련시키는 것은 생각보다 힘이 들었다.

주먹을 뻗고, 다리를 차는 것부터 시작해서 몸을 움직이는 법까지 하나하나 전부 가르쳐야 했다.

지예천은 생각보다 좋은 스승이었다.

생각보다 힘들지 않았기에 이주영과 박준우, 박아영은 스스로가 강해지고 있는지도 모를 정도였다.

그래서 어쩌면 더 강해지고 싶어 하는 것일 수도 있었다.

"아가씨. 그런데요, 왜 강해지고 싶은 건가요?"

"당연히 오빠를 돕기 위해서지!"

"어떻게요?"

어떻게 도울 것인가에 대해서는 구체적으로 생각해보지는 않았다.

김예나의 질문에 말이 막힌 아영을 보고 김예나가 환하게 웃었다.

"구체적인 이유와 계획 같은 것이 있으면 우리 경호원님도 허락해주지 않을까요?"

김예나의 말에 아영이 고민하는 표정을 지었다.

그렇게 김예나의 말을 듣고 아영은 구체적인 계획을 짜기 시작했다.

이주영과 박준우를 끌어들인 것은 물론이었다.

"오빠."

며칠 후, 요즘 조용했던 아영이 지예천을 찾아왔다.

둘은 연인관계였지만 초이스에 관한 일에서는 칼같이 굴었다.

초이스에 관한 이야기면 듣기도 싫다는 태도를 보이는 지예천을 보고 아영이 피식 웃었다.

"무슨 일이야?"

최근 들어 김예나와 있는 시간이 많아지면서 김예나에게

지예천의 심정에 대해서 이야기를 많이 들었다. 때문에 아영은 어느 정도 지예천이 이해가 되었다.

그렇지만 아영의 고집도 알아주어야 했다.

지예천이 돌아보자 아영이 준비해두었던 빔 프로젝터를 켜서 PPT를 틀었다.

"지금부터 UN그룹 회장님의 가족인 아빠, 엄마 그리고 동생인 저, 박아영이 강해져야 하는 이유에 대해서 말씀해 드리겠습니다."

"뭐?"

지예천은 아영이 하는 짓이 못 마땅했지만 그래도 들어 볼 가치는 있었기에 아영의 발표를 지켜보았다.

"먼저 가장 첫번째 이유는 오빠에게 짐이 되지 않기 위해서입니다."

"기각."

지예천의 단호박 같은 대답에도 아영은 미소를 지었다.

"네. 두번째로는 지금 이 상태라면 만약의 사태가 일어났을 때 오빠와 예나 언니에게 의존할 수밖에 없습니다. 아직은 미숙한 저희니까요. 그렇지만 실전을 통해서 강해진다면 조금 더 침착하게 대응할 수 있지 않을까 생각합니다."

이번에는 지예천 역시 아무 말도 할 수 없었다. 아영의 말이 맞았기 때문이다. 실전을 겪어본 사람과 그렇지 않은 사람의 차이는 정말 컸다.

아영은 지예천이 아무 말도 하지 않았지만 계속해서 발표를 이어나갔다.

"세번째로는 게이트의 위협에서 일반인들을 구해주고 싶습니다."

초이스가 등장했던 초창기보다 게이트가 나타나는 빈도가 줄기는 했지만 아직도 뜬금없이 나타나는 게이트로 인해서 일반인들이 많은 피해를 입고 있었다.

그리고 그런 일이 있을 때마다 티비에서는 보도를 하고 있었다.

초이스들이 나타나서 게이트를 막아주길 바랐기 때문이다.

최근엔 몬스터를 죽이고 얻은 마석을 이용해서 만든 총이 있어 피해가 좀 적어지긴 했지만 그래도 일반인들이 몬스터를 전부 막아낼 수는 없었다.

특히 드래곤 때문에 소동이 일어난 지금은 더 더욱 정부에서 관리가 소홀해질 수밖에 없었다.

그런 소식을 티비를 통해서 접해온 아영은 위험에 처한 사람들을 그냥 두고 볼 수 없었다.

"아주 회장님 동생 아니랄까봐……."

우주도 일반인의 안전을 최고로 우선시했다. 가족 내력인 것 같았다.

아영의 뒤에서 아영의 발표를 구경하고 있는 우주의 아버지와 어머니를 본 지예천이 한숨을 쉬었다.

결국 그들이 원하는 것은 위험을 감수하고서라도 실전을 통해서 강해지고 싶다는 말이었다.

지예천은 우주의 가족들을 데리고 게이트에 들어가서 몬스터들과 싸우는 상상을 해봤다.

혹시라도 위험한 상황이 생겼을 때, 과연 모두를 보호할 수 있을 것인가에 대한 시뮬레이션이었다.

"서포트 체인지(Support Change)."

그때 지예천 앞에 서 있던 아영이 사라지고 김예나로 바뀌었다. 아영은 원래 김예나가 있는 곳으로 이동해 있었다.

"어때요? 이 정도면 허락해도 되겠죠?"

"너에게 무슨 일이 생겨도 회장님이 가만히 있으시진 않을 것 같은데?"

"걱정 마요. 이래 봬도 초이스 아카데미 출신이라고요."

김예나의 말에 지예천이 두손을 들었다. 만약 걸리면 우주에게 죽은 목숨이었다.

"대신 조금이라도 다치는 순간, 실전 수련은 종료하도록 하겠습니다."

"와아!!"

"성공!!"

지예천의 허락이 떨어지자 김예나와 아영이 손뼉을 마주 치면서 좋아했다.

그렇게 우주의 가족들은 지예천의 인도를 따라 난이도가 쉬운 F급 게이트부터 천천히 실전 감각을 익히기 시작했다.

게이트 안에서 몬스터들과 싸우면서 훈련을 받자, 우주의 가족들은 전보다 더 빠른 속도로 강해지는 것을 실감했다.

아무래도 몬스터들을 쓰러뜨리고 얻는 경험치가 컸다. 처음에는 적응할 수 없을 것이라 생각했다.

초이스가 되기 위해서 어쩔 수 없이 몬스터를 찔렀을 정도로 순수했던 사람들이 과연 몬스터를 잘 처리할 수 있을지 걱정이 되었다.

우주에게 들키면 어떤 처분이 내려올지 몰랐으나, 그걸 감수할 정도로 지예천은 가족들의 열망이 크다고 생각했다.

사실 지금부터 아무리 강해져봤자 우주에게 도움이 될 수는 없을 것이다.

그렇지만 적어도 짐이 되지는 않을 정도로 강해질 수는 있었다.

그걸 위해서 김예나도 함께하고 있었다.

어쩌면 우주는 이러한 상황이 벌어질 줄 알고 있었는지

도 모른다.

지예천은 이렇게 된거, 가족들을 최대한 서포트해 주기로 했다.

"그렇게 생각했던 것이 엊그제 같은데……."

벌써 가족들은 며칠 만에 20레벨을 돌파하고 있었다. 이제 웬만한 하급 게이트는 셋이서도 충분히 돌파를 할 정도가 되었다.

그게 가능했던 이유는 전부 김예나의 서포트 덕분이었다. 지예천이 감탄할 정도였다.

"서포트 초이스가 있고 없고의 차이가 이 정도일 줄이야."

"그러게요?"

김예나는 초이스 아카데미 때와 달리 우주의 가족들과 있으면서 초이스로서의 능력을 향상시키고 있었다.

김예나를 모티브로 박아영도 유능한 서포트 초이스로 크고 있었다.

한편, 박준우와 이주영은 계산 초이스와 카드 초이스였다.

우주의 아빠와 엄마라서 그런지 몰라도 일반적인 초이스가 아닌 독특한 초이스였다.

둘 다 비전투 계열이라고 생각한 지예천은 처음에 초이스의 능력보다는 기본 체술에 더 집중을 했다.

하지만 게이트에 들어오자 비전투 계열인 줄 알았던 초이스들의 진가가 발휘되었다.

박준우는 완벽한 계산으로 몬스터를 어떻게 어디로 몰아넣어야 하는지를 파악했고, 카드 초이스인 이주영이 '카드 슬래쉬'란 스킬로 몬스터를 전멸시키고는 했다.

세명의 합이 잘 맞았기 때문인지 우주의 가족들은 그들이 원했던 것처럼 점점 더 강해지고 있었다.

* * *

UN그룹의 초이스를 모두 불러 모은 우주는 어떻게 초이스 2단계에 대해서 설명을 해주어야 하는지 고민하기 시작했다.

우주 같은 경우는 자기 관조를 통해서 초이스 2단계에 올랐다.

'무아지경에 빠졌다가 돌아오니 어느새 초이스가 2단계로 진화해 있었다. 그러니까 너희도 스스로를 관조해라.'

이렇게 말할 수도 없었다. 결국 길을 인도해주어야 할 것 같았다.

"모두 모였나?"

"네."

권창우의 대답에 우주가 알코올을 퍼뜨렸다.

직접 체감을 시켜주어야 할 필요성을 느꼈기 때문이다.

주변에 술 냄새가 나기 시작하자 의아해진 권창우가 우주를 불렀다.

"회장님?"

권창우의 말을 무시한 우주는 백무환을 슬쩍 보고는 보란 듯이 외쳤다.

"내가 너희를 이렇게 부른 것은 이번에 나타난 청룡과 같은 사대신수 때문이다. 난 이번에 청룡뿐만 아니라 주작까지 만났다. 앞으로 현무와 백호까지 나타나게 되면 나 혼자서 사대신수를 모두 상대하는 것은 어려울 것 같다. 그래서 지금부터 너희들의 경지를 한 경지 더 끌어올릴 생각이다."

주변의 공기가 무거워지고 있는 것을 느낀 초이스들은 우주가 말하는 경지가 무엇인지 궁금해했다.

"초이스에도 단계가 있다. 지금 너희가 바로 1단계의 초이스이지. 그리고 이게 2단계 초이스의 힘이다."

쿠웅.

강당에 모여 있는 초이스들의 어깨를 기가 짓누르기 시작했다.

정확히는 기가 아니라 공기 중에 퍼져 있는 알코올이었다.

알코올을 자유롭게 다스릴 수 있는 것처럼 다른 초이스

들도 자신만의 초이스를 이용해서 공간을 조정할 수 있을 것이다.

우주는 경험을 통해 그 방법을 알려주려고 하는 것이다.

"너희들도 알다시피 난 알코올 초이스다. 이렇게 주변에 알코올을 푸는 것만으로도 이 정도의 힘을 낼 수 있다. 너희도 너희만의 기운을 통해서 초이스 2단계에 올라봐라!"

"크윽."

백무환은 우주가 말해주는 것들을 하나도 놓치지 않으려고 애를 썼다.

우주는 청룡과 대면하고도 살아서 돌아왔다.

적어도 한마리의 신수를 상대할 수 있게 된다면 우주에게 많은 도움을 줄 수 있을 것이다.

'그런데 폭발 초이스는 어떻게 폭발을 퍼뜨려야 하는 거지?'

백무환처럼 다른 초이스들도 알코올을 퍼뜨리는 걸 연상하며 각자 자기 고유의 기를 퍼뜨리는 것을 상상하고 있었다.

"이렇게 하는거 맞습니까?"

그러자 강당이 포화될 정도로 많은 기운들이 허공을 맴돌았다.

중요한 것은 우주처럼 통제할 수 있는 기운이 아니라 통

제되지 않는 기운이었다.

우주를 흉내 내려고만 하다 보니 초이스들은 그냥 허공에 기를 뿌리고 있었다.

"생각보다 어려운가보네."

이런 식으로는 안 되겠다고 생각한 우주가 방법을 바꾸기 위해 떠다니는 기운을 알코올로 덮었다.

저러다가 기운끼리 부딪혀서 폭발이 일어날 수도 있었다.

"아. 백무환 쪽은 어쩌면……."

방금 떠올린 생각이면 초이스 2단계에 오르지 않아도 백무환은 배 이상 강해질 수 있을 것 같았다.

"전부 그만!"

허공에 기를 뿌리고 있는 초이스들을 보고 우주가 소리질렀다. 우주의 외침에 모두가 다시 우주를 바라봤다.

"모두 가부좌를 틀어라!"

결국 초이스들을 각성시키려면 우주가 했던 것처럼 무아지경에 빠져들 수 있어야 할 것 같았다.

우주의 명령에 초이스들이 자리에 가부좌를 틀고 앉았다.

"눈을 감아라!"

우주가 하라는 대로 하면 분명 경지를 높일 수 있을 것이라는 믿음은 초이스들을 일사분란하게 만들었다. UN그룹의 모든 초이스들이 한마음 한뜻으로 강해지기를 기원했다.

솔직히 드래곤 사냥 때 초이스들은 드래곤의 시선 돌리기 정도밖에 하지 못했다.

이번에 나타난 사대신수 때도 그러고 싶은 마음은 없었다. 강해지고 싶은 마음은 다 똑같았다.

"스킬, '블루문(Blue Moon)' 시전."

[스킬 '블루문'이 시전됩니다. 푸른 달이 뜹니다. 달을 본 사람들에게 원하는 장면을 보여줄 수 있습니다.]

캐나다에서 만든 벨기에 스타일의 화이트 에일, 밀 맥주 '블루문'을 마시고 얻은 스킬이었다.

이 스킬을 통해 우주는 무아지경에 빠지는 방법에 대해서 보여줄 생각이었다.

"모두 이 푸른 달을 보도록!!"

우주가 소환시킨 자그마한 푸른 달을 본 초이스들은 우주가 인도한 무아지경으로 빠져들었다.

우주가 봤던 것을 그대로 보여주는 것은 소용이 없었다.

그렇기에 우주는 각자가 추구하는 경지를 환상 속에서 보여줄 생각이었다.

그게 어떤 모습이든 초이스 2단계로 각성할 수 있는 단

서가 되길 바랄 뿐이었다.

블루문을 본 초이스들은 전원 눈을 감고 무아지경으로 빠져들어 갔다.

자신의 어떤 모습과 마주하게 될지는 아무도 몰랐다.

우주는 무아지경으로 빠져들고 있는 수하들을 바라보았다.

그 사이에 앉아 있는 권창우와 남궁민, 강태풍과 적설진을 보고 우주가 피식 웃었다.

"UN그룹에서 나 다음으로 알아주는 초이스들이 더 강해지면……."

사대신수를 혼자서 네마리나 상대해야 할 일은 없을 것 같았다.

* * *

"이곳이 데이브가 있는 곳인가."

마르틴이 안내해준 곳에 도착한 호세는 문을 열고 들어갔다.

안에서 기다리고 있던 남자가 호세를 올려다보았다.

"호세 쿠에르보?"

"그렇다."

"생각보다 젊군."

남자, 계약의 초이스 데이브는 감흥 없는 눈빛으로 호세를 쳐다보았다.

그리고 앉아 있던 탁자 위로 계약서 한장을 꺼내들었다.

"자."

"계약서인가?"

"맞아. 읽어봐."

호세는 생각과는 다른 데이브의 이미지에 조금 놀란 상태였다.

암흑가의 보스라기에 조금 더 폭력배 같은 모습을 상상했는데, 데이브는 전혀 그렇지 않았다.

호리호리한 체격에 안경을 쓰고 있는 그는 지적으로 보일 정도였다.

데이브가 내민 계약서를 받아든 호세가 계약서를 읽기 시작했다.

계약 대상란이 비어 있는 것을 본 호세가 말했다.

"비어 있는 란은 뭐지?"

"얘기를 듣지 못했나? 누구랑 계약하게 될지 나도 모른다. 그 빈칸을 채우는 것은 오로지 너의 몫이라는 거지."

데이브의 대답에 호세가 고개를 끄덕였다. 계약서상에 문제는 없었다.

지부 하나쯤 주어도 호세 그룹은 아무런 문제가 없었다.

"전부 확인했으면 지장을 찍도록. 찍는 순간 계약은 현실이 된다."

"좋아."

인주에 엄지손가락을 찍은 호세가 계약서의 지장란에 지장을 찍었다.

그 모습을 본 데이브가 미련 없이 건물을 나섰다.

"그럼 무운을 빌지."

"응?"

호세는 제대로 된 설명도 없이 나가버린 데이브를 어이없다는 듯이 바라보았다.

적어도 무슨 설명은 있어야 할것이 아닌가.

—너냐? 나랑 계약하고 싶다고 날 깨운 놈이?

그때 호세의 귓가에 알 수없는 목소리가 들려왔다.

"누구냐!!"

—뭐야? 자기가 계약하자고 불러놓고, 지금 날 보지도 못하는 거냐? 이런 경우는 또 처음이네.

알 수 없는 목소리는 정말 가까운 곳에서 들려왔다. 하지만 호세의 눈에 보이는 것은 없었다.

—이러니 강해지고 싶겠지. 좋아. 내가 오늘 인간 하나 살린다 치고 너랑 계약해주마. 곧 세상이 달라지게 될 것이다.

알 수 없는 목소리의 말에 호세는 계속해서 주위를 두리번거렸다.

그때 호세에게 엄청난 기운이 유입되기 시작했다.

살면서 단 한번도 느껴보지 못한 강력한 힘이 전신에 가득차고 있는 것을 느끼면서 호세가 주위를 둘러보았다.

—이제 보이냐?

호세는 바로 옆에서 심드렁한 표정을 짓고 있는 뿔이 달려 있는 근육질의 괴수를 보고 입을 틀어막았다.

—쫄았냐? 와, 이렇게 허약한 새끼가 계약자라니.

호세와 계약하기 위해서 인간계로 올라온 근육질의 악마, 열망의 아몬은 호세를 마구 욕했다.

잠시 얼어붙었던 호세는 몸 안에 충만한 마기 덕택인지 금방 정신을 차리고 물었다.

"악마…이십니까?"

—그래. 열망의 아몬이라고 한다. 네 이름은?

다른건 몰라도 호세가 가지고 있는 열망 하나만큼은 이 세계의 인간들 중에 최고라고 자부할 수 있었다.

강렬한 열망을 가지고 있지 않았다면 자신이 불려왔을 리가 없다고 생각하는 아몬이었다.

"호세 쿠에르보."

—네가 날 불러낼 정도로 열망하는 것은 무엇이냐.

"박우주를, UN그룹을 뛰어넘는 것."

—좋아. 네가 가진 순수한 열망. 맘에 들었다. 내가 너에게 힘을 제공해주마. 대신 넌 나에게 무엇을 주겠느냐.

호세 쿠에르보가 번뜩이는 눈빛으로 대답했다.

"박우주만 뛰어넘을 수 있다면 무엇이든 상관없다."

—크크. 좋아. 마음에 드는구나. 네가 박우주를 죽일 때까지 힘을 제공해주마. 그 후에 내가 널 어떻게 하든지 상관없겠지?

"물론."

호세는 흔쾌히 아몬의 제안을 승낙했다. 아몬이 등 뒤에서 날개를 펼치면서 소리쳤다.

—열망의 아몬의 이름을 걸고, 널 최강으로 만들어주마!!

우주가 한창 수하들을 각성시키고 있을 때 미국에서 일어난 일이었다.

* * *

사대신수. 청룡, 주작, 현무, 백호가 한자리에 모였다.

"소멸할 뻔했다고 들었다."

"백가문의 놈인가?"

네 신수를 한곳에 모은 것은 주작이었다.

청룡이 소멸할 뻔했다는 소식을 현무와 백호에게 전하자 두 신수도 사태의 심각성을 깨닫고 주작의 의견을 따라서 이렇게 모인 것이다.

"아니었다. 백가문의 후예 놈은 내 공격을 견뎌내지 못했어."

"뭐야. 그러면 백가문도 아닌 놈에게 이렇게 당했다는 거야?"

청룡은 부끄러워하지 않았다.

우주는 괴물이었다. 괴물과 싸워서 밀린 것은 전혀 부끄러운 일이 아니었다.

"녀석을 만나면 생각이 바뀔걸."

청룡의 발언에 현무와 백호가 발끈하려고 하자 주작이 청룡의 말을 끊었다.

"까딱했으면 나도 소멸당할 뻔했다."

"……."

주작의 말에 현무와 백호가 조용해졌다. 잠시동안 정적이 흐르고 입을 연것은 백호였다.

"그래서 어떻게 하자는 것이지?"

백가문으로부터 해방되자 사대신수는 자유를 즐기기로 했다.

그렇게 유유자적한 삶을 살아가려 했던 사대신수를 먼저 건드린 것은 백가문의 후예였다.

"어떻게 하자고 부른 것은 아니다. 다만 조심하라고 전해주고 싶었을 뿐. 우리가 백가문으로부터 해방될 수 있었던 이유가 세상에 나타난 몬스터들 때문이라는 것은 알고

있겠지?"

주작의 말에 다른 신수들이 고개를 끄덕였다. 다른 인간들은 어떻게 생각하고 있을지 모르지만 사대신수의 원초적인 임무는 몬스터들로부터 인간을 지키는 일이었다.

예전에는 백가문에게 힘을 빌려주었다면 지금은 그들 스스로가 인간을 지키고 있다는 점이 다를 뿐이었다.

"백가문의 후예는 어째서 우릴 노리는 것이지?"

사대신수가 없으면 백가문은 그저 조금 강한 인간일 뿐이었다.

오히려 막대한 임무로부터 벗어나게 해주었으니 고마워하지는 못할망정 오히려 신수들을 노리고 있었다.

"우릴 그들이 가진 힘으로 생각하고 있었겠지."

"아니다. 백가의 몇 대 전 가주가 우리가 혹시 도망칠까봐 써놓은 예언 같지도 않은 예언 때문인 것 같다."

청룡의 말에 주작이 인상을 찌푸렸다.

고작 그런 이유 때문에 백가문의 후예가 사대신수를 귀찮게 굴고 있다는 말이었다.

"당부한다. 절대 소멸되지 마라. 우리가 소멸되는 순간, 봉인되어 있던 '녀석'이 깨어날 것이다."

주작의 당부에 청룡, 백호, 현무의 눈빛이 진중해졌다.

"차라리 백가의 후예를 먼저 쓱싹해버리는 건 어때?"

사대신수에게 가장 걸림돌이 되는 모든 원흉은 몬스터가

아닌 백가문의 후예였다.

마음 같아서는 백호의 말처럼 행동하고 싶은 사대신수였다.

"잊지 마라. 녀석도 열쇠 중 하나니까."

"아, 젠장."

사대신수는 인간처럼 한숨을 쉬었다.

"그냥 한번 뒤집어엎으면 안 되는가. 예전처럼. 남길 애들만 남기고."

예전의 경험을 떠올린 현무가 중얼거리자 앞발로 애꿎은 땅을 긁고 있던 백호가 대답했다.

"신께서도 생각이 있으시겠지."

백호의 말에 청룡이 곧바로 대답했다.

"퍽이나."

사대신수는 마음 내키는 대로 행동하던 신을 떠올리고는 모두 고개를 저었다.

세 신수의 푸념을 들어준 주작이 다시 한번 당부했다.

"너무 오래 붙어 있었다. 이제 다시 각자 위치로 이동하도록. 그리고 다시 한번 당부한다. 술 냄새가 나는 인간은 피해라. 혼자서 상대하는 건 너무 위험하다."

주작의 말을 가슴에 새긴 사대신수가 네 방위로 흩어졌다. 그리고 그들이 모여 있던 곳에 노아가 나타났다.

"저것들도 신수라고……!!"

노아는 사대신수가 모여 있던 곳의 지하를 바라보았다. 그곳에는 봉인된 무언가가 있었다. 노아가 '녀석'을 바라보면서 중얼거렸다.

"과연 이번에는 성공할까……?"

술 마시고 스텝업

블루문

권창우는 음과 양의 중간에 서 있었다. 어째서 이곳에 자신이 서 있는 것인지 알 수 없었다. 어느 순간, 자신은 이곳에 서 있었다.

"아이야. 이곳은 위험한 곳이란다."

"누구시죠?"

태극멸권은 음과 양의 조화가 아닌 음과 양을 극대화시켜서 파괴력을 상승시키는 무공이었다.

태극멸권을 익힌 권창우는 항상 음과 양의 중간에 서 있을 수밖에 없었다.

권창우는 다가온 노인을 보고 물었지만 노인은 권창우의

질문에 대답하지 않고 말했다.

"내가 그렇게 사용하라고 태극권을 만든 줄 아느냐?"

"네?"

"태극에 권이 있는 이유가 무엇이더냐!!"

갑작스런 노인의 외침에 권창우가 중얼거렸다.

"음과 양의 조화로움을 주먹을 통해 발현하기 위해서……."

"잘 알고 있구나! 그런데 왜 이런 권을 쓰는 것이냐!"

태극멸권을 사용하는 이유는 강력하기 때문이다.

음과 양의 조화가 아닌 격돌을 이용한 폭발은 그 어떤 권보다 강했다.

하지만 노인의 말처럼 잘못 사용하고 있었을지도 모른다.

처음부터 태극권은 조화로움을 몸에 익히기 위해서 만들어진 무공이었다.

그런 무공의 묘리를 정반대로 틀어서 만든 무공이 바로 태극멸권이었다.

"네가 왜 더 강해지지 못하는 줄 아느냐?"

노인이 말했다. 권창우는 무언가에 홀린 듯 노인을 바라보았다.

"조화로움을 극대화시켜놓은 무공에 조화로움을 빼면 순간적으로 강한 힘을 낼 수 있을지는 몰라도 그 이상은

강해질 수가 없다. 어떤 무공이든 조화로움이 빠지는 순간 삐걱거릴 수밖에 없기 때문이다."

노인이 천천히 주먹을 뻗었다. 강력한 경력이 전신을 옥죄어오자 권창우도 주먹을 뻗었다.

한쪽은 조화로움이 담겨있는 태극이었고, 다른 한쪽은 조화로움이 빠진 태극이었다.

노인의 주먹보다 권창우의 주먹이 훨씬 빨랐다. 하지만 권창우는 노인이 만들어낸 태극을 뚫을 수가 없었다.

노인이 만들어낸 태극은 점점 더 커지면서 권창우의 태극을 산산조각 내었다.

결국 노인의 태극에 얻어맞은 권창우가 저 멀리 날아갔다. 하지만 권창우는 날아가면서도 머리가 맑아지는 것을 느꼈다.

한편 남궁민은 푸른 하늘에 떠 있었다. 푸른 하늘에 검이 한자루씩 솟아나기 시작했다.

"검?"

주위를 떠다니던 검이 남궁민을 겨냥했다. 남궁민은 검들이 자신을 겨냥하자 검을 뽑아들었다.

하늘을 수놓은 검들이 남궁민을 덮쳤다. 검들의 식은 창천일검의 식과 똑같았다.

다만 그 수가 많을 뿐이었다. 남궁민은 수많은 창천일검을 피해내거나 쳐냈다.

그러다 보니 어느 순간부터 왜 자신은 검을 하나만 사용해야 하는가에 대한 의문이 들기 시작했다.

남궁민은 하나의 창천일검이 덮쳐올 때마다 기로 검을 만들어내었다.

현실이었다면 이렇게 쉽게 기검을 만들지 못했을 것이다.

우주가 보여준 블루문을 통해 이곳에 들어온 것을 남궁민은 인식하고 있었다.

만약 이곳이 그의 의식세계 속이라면 저 검들을 뛰어넘을 수 있을 것이라고 남궁민은 생각했다.

그리고 생각처럼 기검을 소환해내기 시작한 남궁민은 여러 개의 검으로 창천일검을 펼쳤다.

그렇게 검과 검들이 부딪히는 것을 보면서 남궁민은 창천을 수놓은 검들을 조종할 수 있는 이기어검의 묘리를 터득하기 시작했다.

* * *

강태풍은 체스판 위에 서 있었다.

'배치' 초이스인 자신은 어떤 상황이 발생했을 때 그 상황을 해결하기 위해 최적의 조건을 제시해줄 수 있는 능력을 가지고 있었다.

지금도 충분히 좋은 능력이라고 생각하고 있었다.

그렇기에 우주가 말한 초이스 2단계의 개념에 대해서 잘 이해할 수 없었다.

배치의 능력이 진화하면 어떤 능력이 될지 강태풍은 짐작조차 할 수 없었다.

"여긴?"

[지금부터 미지의 상대와 체스를 둬서 승리하세요. 승리하지 못한다면 당신은 다시 원래의 세계로 돌아갈 수 없습니다.]

갑자기 나타난 메시지를 본 강태풍이 눈앞에 소환되는 자그마한 체스판에 주변을 돌아보았다.

주변에는 거대한 체스 말들이 서 있었다.

"체스?"

어이가 없었다. 이건 질 수 없는 게임이었다.

강태풍에게는 이길 수 있는 길이 보였으니까 말이다.

강태풍은 먼저 폰을 앞으로 전진시켰다.

그리고 몇 시간 후, 강태풍은 좌절했다.

'이길 수가 없다.'

강태풍은 항상 이길 수 있는 방향으로 말을 옮겼다.

이곳에 말을 옮기면 이길 수 있다고 능력이 말해주었다.

그렇게 체스를 두었는데, 이길 수 없었다.

"어째서 이길 수 없는 거지?"

[다시 두시겠습니까? (Y/N)]

"다시 두겠다."

이길 때까지 체스를 둘 수밖에 없었다. 원래의 세계로 돌아가는 것은 중요하지 않았다. 강태풍은 어째서 이길 수 없는 것인지 궁금해졌다. 배치에 오류가 있는 것이 분명했다. 우주의 말처럼 이 오류를 해결하면 분명 능력이 진화될 것 같았다. 강태풍은 무아지경으로 빠져들었다.

한편 적설진은 자신의 모습을 비추는 거울을 마주하고 있었다. 거울의 초이스인 적설진이 강해질 수 있는 방법은 사실 무궁무진했다.

남의 능력을 그대로 베껴버릴 수 있는 능력은 어떤 상황에서든 다양한 방법으로 사용될 수 있었다.

이렇게 거울이 나온다는 것은 적설진도 초이스 2단계로 각성할 수 있다는 말이었다.

적설진의 직업은 탐색가. 이 상황에서 초이스 2단계로 오를 수 있는 방법을 찾아야만 했다.

거울이 나타났다는 것은 스스로를 돌아보라는 말인 것 같았다.

그러고 보니 초이스가 된 이후로 원래의 적설진에 대해서 단 한번도 생각을 해본 적이 없었다.

"원래의 나?"

거울에 비친 적설진의 모습은 지금의 모습과 많이 달랐다. 앳되어 보이는 인상의 적설진이 입을 벙긋거렸다.

"넌, 약, 해?"

녀석의 말이 맞았다. 그는 초이스가 되기 전에 약했다.

그래서 다른 사람들을 동경했다. 그리고 다른 사람들이 왜 강한지 알아보기 시작했다.

어쩌면 이런 마음 때문에 거울의 초이스가 될 수 있었는지도 모른다.

"그래서 지금 네가 나타난 이유가 뭘까?"

원래의 나를 강하게 만들라는 말은 아닐 것이다.

예전의 적설진이 말하다시피 원래의 적설진은 약했기 때문이다.

중국에서 무공을 배웠던 시절의 적설진은 배운 무공을 다른 사람들처럼 완벽하게 소화할 수 없었다.

거울이 의미하는 것을 알아내기 위해서 적설진은 눈을 감았다.

괜히 예전의 적설진에게 홀려서 신경이 분산되는 것 보다는 눈을 감는 것이 편했다.

눈을 감은 적설진이 스스로에 대해서 떠올렸다.

무공을 처음 배웠을 때의 적설진, 남을 부러워했던 적설진, 초이스가 되고 난 후의 적설진.

초이스의 판도를 좌지우지할 UN그룹으로 들어와 우주의 수하가 되면서 적설진은 탐색가에서 점점 멀어지고 있었다.

원래 탐색가는 무언가를 주도해서는 안 되었다.

그런데 어느 순간부터 우주의 명령을 따르면서 적설진은 자신도 모르게 주도하는 쪽이 되어가고 있었다.

"하긴. 초이스 아카데미에 들어가고 난 다음에는 정말 시간 가는 줄도 몰랐지."

이설화의 얼음 능력을 시작으로 거울 초이스의 능력인 카피를 자유롭게 사용했다.

처음엔 카피가 만능일 줄 알았다.

하지만 보세이돈과 만나고 카피가 통하지 않는 존재가 있다는 것을 깨닫게 되면서 그때 조금 더 강해지고 싶다는 생각을 했다.

"그러고 보니."

초이스가 된 이후에는 원래의 적설진이 가지고 있던 무공들을 단 한번도 사용해본 적이 없었다.

어쩌면 그게 문제였을 수도 있었다.

더욱 강해질 수 있는 방법은 결국 원래 지니고 있었던 무공을 사용하는 것.

"적가의 무공을 사용하는 건 정말 오랜만인데."
적설진은 거울에 양손을 가져다 대었다.

* * *

"왔냐?"
우주는 깨어난 권창우를 보고 말했다.
권창우가 주위를 둘러보니 모두 자신처럼 시련을 받고 있는 듯했다. 아직까지 깨어난 사람은 없는 것 같았다.
우주는 생각보다 블루문의 효과가 너무 좋은 것이 아닌지 슬슬 걱정되기 시작했다.
제일 빨리 깨어난 권창우도 깨어나기까지 2시간이 걸렸기 때문이다.
"성과는 있었던 것 같군."
권창우가 미소짓는 것을 본 우주가 고개를 돌렸다. 권창우는 몸이 엄청 개운하다고 생각하고 있었다.
전과 비교할 수 없을 정도로 몸이 날아갈 것만 같았기 때문이다.

[직업 : 초이스(피스트 초이스 2단계)]

상태창을 확인하자 직업란이 우주가 보았던 것처럼 변해

있었다.

"초이스 2단계에 올랐습니다."

"대단한데?"

생각보다 블루문의 효과가 좋다는 것을 깨달은 우주가 아직도 무아지경에 빠져 있는 모두를 돌아보았다.

"빨리 나왔으면 좋겠는데……."

어쩌면 신수들이 난동을 부릴지도 몰랐다.

혼자서 세상 모든 사람들을 지키는 것은 불가능한 일이라는 생각이 들었다.

"창우야. 이곳에서 깨어나는 사람들을 좀 부탁할게."

"네. 알겠습니다."

아무래도 우주는 이 상황에 대해서 한국 정부에 알려야 될 것 같았다.

회장실로 돌아온 우주는 가상시스템으로 접속했다.

우주가 드래곤을 잡으러 원정을 떠난 사이, 손민수가 회장실을 최신형 시스템으로 도배된 공간으로 바꾸어버렸다.

"접속."

가상시스템이 생겨나면서 세계 어느 곳에서든 가상으로 모습을 보면서 대화할 수 있게 되었다.

물론 소수의 돈 많은 사람들만 이용할 수 있는 시스템이었지만 말이다.

한인재의 가상공간에 들어온 우주는 대통령을 불렀다. 가상공간은 하우스라고 불렸는데, 접속해 있지 않았을 때에도 가상 아바타를 놔둘 수 있는 휴식처였다.

그리고 하우스에 출입이 가능한 사람은 하우스의 주인이 출입 허가 등록을 해놓은 사람들뿐이었다.

"대통령님."

[UN그룹의 회장이 독대를 요청했습니다.]

마치 시스템처럼 울리는 목소리에 우주는 가상현실을 만든 사람도 어쩌면 초이스가 아닐까하고 생각했다.

이렇게 하우스의 주인을 부르면 몇 분 이내로 한인재가 가상시스템에 접속하게 된다.

"오. 자네가 직접 찾아오는 날도 있구만."

한인재가 가상시스템에 접속하자 한인재에게 인사를 한 우주가 본론을 꺼냈다.

"제가 지금 시간이 없어서 핵심적인 것들만 말씀드리겠습니다. 이미 들으셨겠지만 우리나라에 사대신수가 나타났습니다. 하지만 수가 네마리이다 보니 제가 혼자서 처리할 수는 없을 것 같습니다."

우주의 말을 들은 한인재가 심각한 표정으로 고개를 끄덕였다.

안 그래도 청룡이 나타났다는 소식을 듣고 회의를 나누던 중이었다.

"그럼 우리가 어떻게 자네를 도와주면 되는가?"

역시 한인재 대통령은 말이 잘 통하는 사람이었다. 전 세계 어느 나라에 가더라도 우주는 똑같은 대우를 받을 자격이 있었지만 말이다.

"사대신수는 한국의 동, 서, 남, 북을 수호하는 사대신수입니다. 그렇다면 녀석들은 지금 네 방위로 떨어져 있다는 말일 것입니다. 저희는 녀석들을 하나씩 처리하려고 합니다. 혹시 정부에서 도움을 주실 수 있으시다면, 최소 한마리만이라도 상대해주실 수 있겠습니까?"

"크흠."

우주는 초이스가 되고 난 이후, 누군가에게 부탁을 한 적이 잘 없었다.

왜냐하면 우주의 부탁을 들어준 것을 빌미로 상대도 부탁을 해올 것이 분명했기 때문이다.

이러한 상황을 만들지 않기 위해서 우주는 타인의 손을 빌리지 않고 모든 일을 스스로 해쳐나갔다.

하지만 이번에는 달랐다.

거의 드래곤급인 몬스터가 네마리였다. UN그룹에서 모두 처리할 수 있으면 참 좋았겠지만 그게 어렵다는 것을 알고 있기에 이렇게 부탁까지 하는 것이다.

사실상 우주는 이 부탁이 꽤 무리한 부탁이라는 것을 알고 있었다. 대한민국에서 꽤 괜찮다 싶은 초이스는 모두 UN그룹 소속이었다.

안 좋은 의도로 받아들인다면 대한민국 정부가 가지고 있는 초이스들의 힘을 시험하는 것으로 느낄 수도 있었다.

"자네도 알고 있다시피 대한민국 정부 소속 초이스들 중에 자네만큼 뛰어난 초이스는 없다네. 그래서 신수를 상대할 수 있을지는 모르겠지만, 최선을 다해보도록 하겠네."

"감사합니다. 정 안 될 것 같다 싶으면 물러나도 괜찮습니다. 최소한의 시간만 끌어주시면 그 후부터는 저희가 해결하도록 하겠습니다."

원만하게 대화를 마친 우주가 접속을 종료시켰다. 아마 한인재는 자체적으로 초이스들을 움직일 수 없을 것이다. 하지만 상관없었다.

이 정도 생색을 내었으니 나중에 무슨 일이 생기더라도 다른 말이 나오지는 않을 것이다.

가상시스템에서 빠져나온 우주가 향한 곳은 무아지경에 빠진 사람들이 있는 곳이었다.

블루문이 어떤 것을 보여주었는지 몰랐지만 생활에 영향을 끼칠 정도로 깨어나지 못하면 문제가 있는 것이 분명했다.

"어? 뭐야."

초이스들이 있는 곳에 도착한 우주는 단 두사람을 빼고 모두 깨어나서 몸을 풀고 있는 것을 보면서 권창우를 찾았다.

권창우는 주변 사람들과 잘 어우러지고 있었다. 태극의 묘리를 전보다 많이 이해한 것 같은 모습에 우주가 흡족해 하면서 권창우를 불렀다.

"창우…야?"

우주가 등장함과 동시에 강당에 내려앉은 무거운 공기에 우주는 고개를 갸웃거렸다.

어째서 이런 공기가 강당을 가득 메웠는지 살펴본 우주가 피식거렸다.

좋은 소식이었다. 반 이상 되는 인원이 초이스 2단계로 각성한 것 같았기 때문이다.

초이스 2단계로 진입한 초이스들이 뿜어낸 기 때문에 강당의 공기가 무거워진 것이다. 우주는 아직 깨어나지 않은 두사람을 향해서 걸어갔다.

"민이도 일어났네?"

"네. 회장님."

제왕의 기도를 뽐내고 있는 남궁민을 보면서 우주는 아직 일어나지 않은 두 사람의 이름을 불렀다.

"강태풍, 백무환?"

강태풍은 전신에서 엄청난 땀을 흘리고 있었다. 강태풍

에 비해 백무환은 고요했다.

우주는 백무환이 어떤 경험을 하고 있는지 궁금했다. 폭발의 초이스가 각성을 하려면 아마 각종 폭발 속에서 살아남는 퀘스트가 주어졌지 않을까 예상하는 우주였다.

"적설진도… 일어났네?"

어느새 옆으로 다가온 적설진을 본 우주는 적설진의 기도가 완전히 바뀐 것을 보고 마른침을 삼켰다. 적설진이 드러내고 있는 기운은 칠흑같이 어두운 기운이었다.

"하하. 이렇게 바뀔 수도 있는지는 처음 알았네?"

"걱정 마세요. 기운은 이렇지만 그래도 정신은 멀쩡하니까요."

사람마다 차이가 있을 거라고 예상은 했지만 투명함의 대명사였던 적설진이 칙칙해지자 적응이 되지 않는 우주였다.

적설진의 말대로 정신적인 이상은 없어 보이자 우주는 강태풍과 백무환을 지켜보기로 했다.

"둘 다 어떤 시련을 겪고 있는지 궁금해지는데?"

* * *

배치의 진화는 무엇일까? 강태풍은 체스를 두면서 계속해서 의문을 가졌다. 이 체스판은 과연 어떤 것을 가르쳐

주기 위해서 있는 것일까? 몇 백판이 넘어가는 체스를 두면서 강태풍은 끝없이 고민했다.

한가지 확실한 것은, 강태풍도 정확하게는 알 수 없었지만 배치의 능력이 진화하고 있다는 사실이었다. 점점 더 체스 대결은 승부를 예측할 수 없게 되어가고 있었다.

처음과 다른 점이 있다면, 배치의 능력만 믿고 본능적으로 체스 말을 이동시키던 강태풍이 지금은 방법을 달리했다는 점이었다.

'어디로 말을 옮겨야지 이길 수 있을까?'

지금 강태풍은 이러한 생각을 가지고 체스를 두고 있었다. 이걸로 어느 정도의 격차가 메워지기 시작했다. 그럼에도 불구하고 강태풍이 체스를 이기지 못하는 이유는 단 하나였다.

이제는 생각의 틀에 갇히게 된 것이다. 처음에는 너무 본능만을 추구했고, 체스를 두다 보니 이제는 생각에 의존하게 되었다. 어느 것으로 체스를 두건 이렇게 되면 밀릴 수밖에 없었다. 미지의 존재는 강태풍의 생각을 모두 읽는 것처럼 행동했기 때문이다.

"이제 남은 방법은……."

아직 시도해보지 못했던 방법을 시도하는 것이다. 몇 백 가지의 방법 중 최후의 방법이었다. 강태풍은 말을 옮길 때 신중히 옮기지 않았다. 아주 자연스럽게 물 흘러가듯

말들을 움직였다.

그렇게 움직이던 아군의 말들이 적과 마주치게 되었다. 그때부터 전술이 바뀌었다. 이 체스의 목표는 결국 상대방의 킹을 쓰러뜨리는 것이다. 그렇게 마음먹자 강태풍의 머릿속에 아무도 다치지 않고 킹을 쓰러뜨릴 수 있는 방법이 '예측'되었다.

이 방향으로 인도만 잘하면 이 경기의 승자가 될 수 있었다. 밖에서라면 이 방법이 통했을지도 모른다.

그렇지만 이곳에서는 통하지 않았다. 강태풍은 머릿속에서 움직이라는 대로 움직이지 않고, 그가 따로 생각해둔 방법으로 말들을 움직였다.

그러자 아군이 피해를 입게 되었다. 그때부터 변환점이 발생했다. 아군의 희생을 통해서 강태풍은 적의 룩을 잡을 수 있게 되었다. 그 후로는 일사천리였다. 아군의 피해를 두려워하지 않고 목표를 향해서 예측된 길을 달려간 결과, 결국 강태풍이 체스에서 승리할 수 있었다.

[승리하셨습니다. 원래의 세계로 돌아갈 수 있습니다. 초이스 2단계로 각성합니다.]

[직업 : 예측 초이스(배치 초이스 2단계)]

시스템이 보여주는 메시지에 강태풍은 생각했다. 결국

배워야 했던 것은 아군을 희생시켜서라도 목표를 이루고자 하는 마음가짐이었다. 이곳은 결국 강태풍의 의식세계일 뿐이었다. 적어도 이곳에서만이라도 강태풍은 정신력을 키울 필요가 있었다.

그리고 수백번의 체스 승부를 통해서 강태풍의 정신력은 한단계 상승했다.

"괜찮아?"

눈을 뜨자 걱정 가득한 얼굴을 하고 있는 우주의 모습이 보였다. 강태풍은 정신을 차리고 주변을 돌아봤다. 다들 자신을 걱정하고 있는 것 같았다.

"네. 괜찮은 것 같네요."

우주의 물음에 대답한 강태풍이 옆에서 아직도 일어나지 못하고 있는 백무환을 보고 말했다. 녀석을 보자 어떤 생각이 바로 떠올랐기 때문이다.

"다들 돌아가서 일보세요. 이 녀석, 깨어나려면 좀 더 걸릴 것 같습니다."

"괜찮겠어?"

"아. 먹을 것 좀 가져다주시면 감사하겠습니다."

"그러도록 하지."

우주는 강태풍마저 분위기가 바뀐 것을 보고 도저히 적응을 못하겠는지 자리에서 일어났다.

강태풍이 좀 더 걸릴 것 같다고 말을 한 이상, 분명 시간

이 더 걸릴 것이 분명했다.

양옆에 권창우와 남궁민을 대동한 우주가 먹을 것을 가지러 갔다. 적설진은 강태풍의 옆을 지켰다.

백부환이 일어나려면 시간이 조금 걸린다고 했다.

그렇다면 초이스 2단계로 각성한 둘의 실력을 먼저 확인하는 것도 나쁘지 않겠다고 우주는 생각했다.

"잠깐 연무장 좀 들러볼까?"

"좋죠."

"저도 상관없습니다."

"그럼 연무장에서 아주 잠깐만 있다가 돌아가자."

연무장에 도착한 우주는 양옆에 권창우와 남궁민을 세워 놓고 말했다.

"덤벼봐."

"그럼, 전력으로 가겠습니다."

"조심하십쇼."

권창우가 블루문을 통해서 보았던 노인의 태극권을 똑같이 따라했다.

조화로움이 가득 담겨 있는 태극이 우주의 가슴을 노리고 다가왔다.

앞쪽에서는 권창우의 주먹이 다가오고 있었고, 뒤쪽에서는 어느새 우주의 뒤로 돌아간 남궁민이 양손에 기로 만들어진 검을 들고 우주의 등을 노리며 검을 휘두르고 있었다.

"와. 장난 아니네?"

먼저 권창우의 태극권을 오른손 주먹을 뻗어서 알코올 피스트로 맞받아쳤다.

그러면서 왼손으로는 기주를 하나 꺼내서 남궁민의 쌍검을 막았다.

그렇게 2대 1의 비무가 시작되었다. 권창우의 주먹과 남궁민의 검을 받아내고 피하느라 우주는 정신이 없었다.

확실히 태극멸권보다 태곡권이 상대하기가 더 까다로웠다.

거기다 점점 더 남궁민이 생성시키는 검의 개수가 많아지는 것을 본 우주가 특단의 조치를 취해야겠다고 생각했다.

이렇게 비무를 하고 있으니, 전에 남궁민과 처음 비무를 했을 때가 떠올랐다.

그때 '피나콜라다' 스킬을 이용해서 피를 콜라로 만들었던 경험처럼 이번에 우주는 몸을 뺄 생각을 하고 있었다.

수하들과 전력으로 싸울 수는 없었다.

다행히 녀석들도 말만 '전력으로 가겠습니다!'라고 외쳐놓고는 굵직굵직한 큰 기술을 쓰지 않았다.

우주는 순전히 태극권과 수많은 기검을 피해야 하는 처지가 된것이 새삼 씁쓸해졌다.

"이제 끝내자."
우주의 말에 권창우와 남궁민이 우주를 사이에 두고 뒤로 떨어졌다. 이번에는 큰 기술을 쓰려는 것 같아 보였다.
"그럼 갑니다. 태극일권!"
"창천일검!!"
우주는 권창우와 남궁민의 공격이 근접할 때까지 기다렸다가 중얼거렸다.
"스킬 '바바리아' 시전."

[스킬 '바바리아'가 시전됩니다. 시전자의 옷만 남겨둔 채 몸은 시전자가 이동하고 싶은 곳으로 이동할 수 있습니다.]

스킬 '바바리아'를 사용함으로써 우주는 옷만 남기고 증발해버렸다. 그러자 태극일권과 창천일검이 서로 부딪힐 수밖에 없는 상황이 발생되었다.
위험한 상황이 발생하기 직전에 권창우가 자연스럽게 주먹을 회수하면서 창천일검을 다른 쪽 손으로 받아내었다. 완벽한 태극이 그려졌다.
"스킬 '런던 드라이 진' 시전."

[깨끗하게 드라이 된 청바지가 아이템창에 생성됩니다

(Made in London).]

한편 사라진 우주는 공중에서 알몸 상태로 있다가 아이템창에서 꺼낸 청바지를 입고 떨어져 내렸다.

"확실히 강해졌네?"

하늘에서 상체를 탈의한 채 떨어져 내리는 우주를 보고 권창우와 남궁민은 어이가 없는지 서로를 쳐다보았다.

"뭐 어때. 각성했으면 된거지."

"그렇습니다."

남궁민은 새삼스럽게 권창우가 대단하다고 생각했다. 우주가 쏙 빠졌을 때, 자신은 검을 회수하지 못했다.

아직 검을 다루는 실력이 미흡하다는 말이었다.

하지만 권창우는 아주 자연스럽게 주먹을 회수했다.

권창우와의 실력 차이를 실감한 남궁민은 앞으로 피나는 노력을 해야겠다고 마음먹었다.

그렇게 한바탕 폭풍이 몰아친 연무장을 뒤로하고 강태풍이 원하는 음식을 들고 셋은 다시 강당으로 향했다.

수련의 성과

백무환은 모든 세상이 폭발한 곳에서 홀로 남아 있었다. 순간적으로 사대신수가 세상을 멸망시킨 줄 알았다. 황무지밖에 없는 세상은 척박했다.

"이곳은 대체……."

땅이 파여 있고, 빌딩의 잔해가 여기저기 널브러져 있었다. 폭발로 인한 피해 같았다. 그때, 저 멀리서 한 남자가 다가오는 것이 보였다. 생존자가 있다는 사실에 백무환은 그에게 다가가려다가 멈칫했다.

"너는……?"

"뭐야? 이제 헛것이 보이네."

백무환과 마주친 것은 자신보다 조금 더 늙어 보이는 백무환, 그 자신이었다.

"설마 이 모든 것이 네 짓이냐?"

"말도 하네? 그래! 내가 그랬다!! 이 망할 세상, 없어져 버리라고 전부 폭파시켜버렸다!!"

자신보다 늙어 보이는 백무환의 말을 이해하지 못한 백무환이 물었다. 대한민국의 수호자가 대한민국을 폭파시켜버리다니, 있을 수 없는 일이었다.

"무슨 말이지?"

"사대신수가 세상을 멸망시키고 나를 제외한 모든 인간이 죽었다. 이런 상황에서 내가 할 수 있는 것은 무엇이었는지 아느냐! 사대신수가 내리는 벌을 받는 것을 기다리는 일밖에 없었다. 이 모든 것이 바로! 백무환!! 너 때문에 생겨난 일이다!!"

늙은 백무환이 폭발 능력을 쓰려는 듯하자 재빨리 백무환은 몸을 날렸다. 하지만 폭발은 한번으로 그치지 않았다. 연쇄적인 폭발이 일어나면서 백무환을 쫓아온 폭발이 백무환을 집어삼켰다.

[첫번째 도전이 실패했습니다. 두번째 도전이 시작됩니다. 도전, '미래의 나'를 쓰러뜨리시오.]

백무환은 아까 일어났던 곳에서 다시 깨어났다.

죽었다 살아나는 기분은 더러웠다.

"퀘스트……."

백무환은 이 퀘스트가 스킬 블루문의 영향이라고 생각했다. '미래의 나'를 이기게 되면 초이스 2단계로 각성할 수 있는 것 같았다. 하지만 지금의 실력으로 초이스 2단계 폭발 초이스인 '미래의 나'를 쓰러뜨리는 것은 불가능했다.

"가능성은 역시 시스템을 이용하는 수밖에 없나……."

문제는 '과연 몇 번까지 죽었다 살아날 수 있느냐'였다. 1회차를 거듭하면서 강해져서 '미래의 나'를 쓰러뜨리는 방법밖에 없었다.

백무환은 저 멀리서 다가오는 '미래의 나'를 관찰했다.

"뭐야? 이제 헛것이 보이네……."

"뭐야? 이제 헛것이 보이네……."

'미래의 나'가 한 말을 백무환이 토씨하나 틀리지 않고 동시에 말하는 것을 보고 '미래의 나'가 물었다.

"나 말고 모든 인간이 죽었을 텐데, 넌 누구냐?!"

이번에는 현재의 백무환보다 미래의 백무환이 먼저 말을 걸어왔다. 현재의 백무환이 대답했다.

"과거의 너."

어쩌면 말이 통할지도 모른다고 생각한 백무환은 미래의 백무환에게 직접 초이스 2단계에 대해서 물어볼 생각까지

하고 있었다.

"과거의… 나?"

미래의 백무환은 과거라는 말에 반응했다. 확실히 첫번째 도전 때 보았던 백무환은 과거의 일에 집착이 많은 것 같아 보였다.

"너 때문에! 네가 잘못 생각하는 바람에 모두가 죽었다!! 사라져 버려라!!"

번쩍—

[두번째 도전이 실패했습니다. 세번째 도전이 시작됩니다. 도전, '미래의 나'를 쓰러뜨리시오.]

다시 눈을 뜬 백무환이 중얼거렸다.

"시발."

말이 통하지 않는 상대였다. 어쩌다 미래의 내가 저런 처지가 되었는지 비관하면서 백무환은 고개를 저었다.

결국 무작정 덤벼보는 수밖에 없을 것 같았다.

"나 말고 모든 인간이 죽었을 텐데, 넌 누구냐?!"

"네 애비다."

퍼엉.

죽었다 살아나기를 반복하길 일흔번째, 백무환은 확실히 강해지고 있는 것을 느꼈다.

마음 같아서는 이렇게 계속 수련하고 싶은 심정이었다.

하지만 이제는 죽으면 정말로 죽어버릴지도 모른다는 불안감이 들기 시작했다. 죽는 것이 두려워져서 그만큼 더 안간 힘을 쓰고 있기는 했다.

[예순아홉번째 도전이 실패했습니다. 일흔번째 도전이 시작됩니다. 도전, '미래의 나'를 쓰러뜨리시오.]

처음에는 정말 막막했다. 하지만 이 방법, 저 방법을 다 동원하다보니 어느 정도 길이 보이기 시작했다.

사실 폭발 초이스가 폭발에 휘말려 죽는다는 것이 정말 말도 안 되는 일이었다.

그렇지만 초이스 2단계는 그것을 가능하게 만드는 것 같았다. 일단 가장 먼저 현재의 백무환이 미래의 백무환을 보고 배운 것은 연쇄폭발이었다.

연쇄 폭발을 잘만 활용하면 미래의 백무환이 터뜨린 폭발을 상쇄시킬 수 있었기 때문이다.

그렇게 연쇄 폭발을 터득하고 난 후부터는 미래의 백무환과 손속을 겨룰 수 있었다. 손속을 겨루게 되자 미래의 백무환이 사용한 기술은 폭발 중첩이었다.

폭발을 중첩시켜서 대폭발을 일으키는 미래의 백무환은 정말 강했다.

"그렇게 대폭발도 흉내 낼 수 있게 되었지."

마흔번쯤 죽어보니 이제는 미래의 백무환이 가진 습관 같은 것도 전부 파악할 수 있었다. 그럼에도 불구하고 지금까지 미래의 백무환을 이기지 못한 것은 전부 초이스 2단계 때문이다.

"공간 폭발."

이것만은 무슨 수를 써도 따라할 수가 없었다.

"넌……."

"알고 있으니까 이야기 안 해도 돼."

지금처럼 이제는 현재의 백무환이 먼저 공격을 했다.

어차피 싸우게 될 것이라는 것을 알고 있는데 선공을 양보할 필요가 없었기 때문이다.

오로지 목표는 미래의 백무환을 쓰러뜨리는 것이다.

"연쇄 폭발."

펑, 퍼엉, 퍼엉—

머리를 노린 연쇄 폭발을 미래의 백무환이 다 튕겨냈다. 미래의 백무환은 현재의 백무환이 만들어낸 폭발 속에서 빠져나와서 손가락을 튕겼다.

그게 대폭발을 쓰기 전의 손짓이라는 것을 알고 있던 현재의 백무환 역시 대폭발을 일으켰다. 서로가 만들어 낸 대폭발 속에서 둘은 전혀 피해를 입지 않고 빠져나왔다. 금부터가 문제였다. 미래의 백무환은 공간 폭발이라는 기술을 통해서 현재의 백무환을 공격할 것이다. 최근의 죽음은 모두 공간 폭발 때문이다.

공간 폭발을 벗어나려면 공간을 이동해야만 했다.

대폭발을 벗어난 미래의 백무환이 현재의 백무환을 보고 손바닥을 움켜쥐는 시늉을 했다. 바로 저게 공간을 우그러뜨리는 공간 폭발의 손짓이었다.

백무환은 공간 폭발에서 벗어날 수 있는 방법 한가지를 떠올리고 실행에 옮겼다. 조금 다칠 수는 있었지만 죽는 것보다는 나았다.

등 뒤에 폭발을 일으켜서 그 힘으로 공간 폭발이 일어나는 범위를 탈출하는 방법이었다.

"크헉."

하지만 역시 처음 시도하는 방법인 탓에 힘 조절을 하지 못했고 백무환은 저 멀리 튕겨져 나가고 말았다.

"공간 폭발."

펑!!!

[일흔번째 도전이 실패했습니다. 일흔한번째 도전이 시작됩니다. 도전, '미래의 나'를 쓰러뜨리시오.]

"하, 젠장."

연습이 필요했다. 출력 조절만 가능하면 공간 폭발이 없더라도 충분히 미래의 백무환과 겨룰만했다. 거기다 만약 백무환이 생각한 대로라면 움직임에 있어서 미래의 백무환을 압도할 수 있을 것 같았다.

"만약 백번이라고 가정했을 때, 앞으로 남은 건 스물여덟번 정도인가."

100번째에는 무슨 일이 있어도 성공해야만 했다.

그렇게 백무환은 또 죽음을 반복하기 시작했다.

그렇게 아흔아홉 번째가 되었다.

[아흔여덟번째 도전이 실패했습니다. 아흔아홉번째 도전이 시작됩니다. 도전, '미래의 나'를 쓰러뜨리시오.]

"아까웠어."

약 백번의 도전 끝에 백무환을 쓰러뜨릴 뻔 했다.

폭발력을 이용해서 미래의 백무환보다 빠르게 움직일 수 있게 된 것이 컸다. 하지만 딱 하나, 마지막을 장식할 필살기가 아직 현재의 백무환에게는 없었다.

백번째 도전은 없을 수도 있었다. 이번 기회가 마지막 도전이면 백무환은 무슨 일이 있어도 이번에 초이스 2단계로 각성을 해야만 했다. 공간 폭발만 사용할 수 있다면 미래의 백무환을 쓰러뜨리는 것이 가능했다.

"생각해보자. 여긴 현실이 아니야."

우주가 만들어 낸 수련을 위한 공간이자, 초이스 2단계로 각성할 수 있는 힌트가 있는 공간이었다. 퀘스트를 클리어 해야 하는 것도 모두 환상일 수도 있었다.

그렇지만 그 환상을 물리쳐야지 원래의 세상으로 돌아갈 수 있었다. 미래가 이렇게 척박하게 변한다면 과거에서 척박하게 변하지 않도록 죽을힘을 다할 것이다.

그렇게 백무환은 다시 미래의 백무환을 마주했다.

"문답무용!!"

콰앙!!

무언가 말하려고 입을 열려고 했던 미래의 백무환은 현재의 백무환이 달려들어서 터뜨린 폭발에 휘말렸다. 현재의 백무환으로부터 불의의 기습을 당한 것이다.

원래였다면 금방 일어나야 했다. 하지만 미래의 백무환은 일어나지 않았다. 미래의 백무환이 쓰러진 것이다.

미래의 백무환이 쓰러지자, 현재의 백무환은 믿을 수가 없다는 표정으로 미래의 백무환을 바라보았다.

"어째서?"

그렇게 노력을 했을 때는 쓰러지지 않더니만, 단 한번의 공격으로 이렇게 쉽게 쓰러지다니. 백무환은 미래의 백무환을 이해할 수 없었다. 그런 현재의 백무환을 보면서 미래의 백무환이 피식거렸다.

"과거의 나, 내가 그동안 모를 것 같았나? 다 알면서도 모르는 척한 거지. 키킥… 그렇게 보지 말라고. 네 생각대로 난 그저 허상일 뿐이니, 네가 있는 세계는 네 스스로 잘 지켜내길 바란다."

미래의 백무환이 사라지면서 백문환이 있던 세계가 무너져 내렸다. 눈을 뜬 백무환은 주변에 사람이 가득한 것을 깨달았다. 그리고 확실히 강해진 것이 느껴졌다.

"괜찮나?"

"네. 괜찮습니다."

우주를 앞에 둔 백무환은 우주가 얼마나 강한지 느낄 수 있었다. 블루문에 들어갔다 나오기 전에는 막연히 강할 것이라고 추측하는 수준이었다면 지금은 수준차를 확실히 깨달을 수 있었다.

"자, 그럼 마지막 수련생도 돌아왔겠다, 모두의 수련 성과를 확인하겠다. 역시 수련의 성과를 가장 잘 알 수 있는 것은 비무라고 생각한다. 지금부터 토너먼트 방식으로 수련의 성과를 확인하겠다. 1등부터 4등까지는 사대신수를 상대할 때, 팀장으로 책정하겠다. 물론 나도 참가할 생각이다."

우주가 참여한다는 말에 더욱 투지가 불타오르는 초이스들이었다. 블루문을 통해서 시련을 극복하고 나온 초이스들은 자신의 한계를 시험하고 싶어 했다.

그 상대가 우주라면 더할 나위없는 영광이었다.

그렇게 난데없는 UN그룹배 토너먼트가 개최되었다.

* * *

강당에 있던 모두가 연무장으로 자리를 옮겼다. 우주를 포함해서 이곳에 모여 있는 UN그룹의 초이스들은 총 30명이었다.

서른명이 토너먼트로 올라가려면 1회전에 15명이 올라가게 되고, 그 다음에는 1명이 부전승으로 총 8명이 올라가게 된다. 그 후에 축구 토너먼트처럼 8강, 4강, 결승전과 3, 4위전을 치르면 총 네명의 팀장이 뽑히게 된다.

강당에 모여 있는 30명의 초이스들의 명단을 살펴보자면 UN그룹의 임원이라고 할 수 있는 박우주, 권창우, 손민수, 남궁민 4명과 그 밑에 다섯 직원인 신수아, 강용기, 하태우, 이하늘, 석창호.

그리고 초이스 상급팀 7명 적설진, 강태풍, 강민호, 채민아, 최진수, 임철진, 황보군. 초이스 하급팀 1명 이설화. 초이스 신입팀 12명 강철민, 신우환, 조시한, 장진주, 이사랑, 구은지, 신지수, 김한우, 조민기, 최태수, 배찬우, 오미나. 마지막으로 백무환까지.

이렇게 총 30명이었다.

토너먼트에 나가는 초이스들의 명단을 들고 있던 우주는

처음에 비슷한 실력자들끼리 묶을까 하다가 그러면 토너먼트가 의미가 없다는 것을 깨닫고 랜덤으로 토너먼트 대진표를 구성했다. 우주가 대진표를 발표했다.

[1경기 손민수vs오미나] [2경기 조시한vs이설화]
[3경기 강철민vs황보균] [4경기 이하늘vs강태풍]
[5경기 최태수vs김한우] [6경기 신우환vs신지수]
[7경기 강용기vs최진수] [8경기 임철진vs채민아]
[9경기 구은지vs강민호] [10경기 배찬우vs이사랑]
[11경기 하태우vs박우주] [12경기 남궁민vs신수아]
[13경기 적설진vs석창호] [14경기 백무환vs장진주]
[15경기 권창우vs조민기]

대진표를 본 초이스들은 각자 누가 위로 올라갈지 예상하기 시작했다. 그렇게 1경기가 시작되었다.

1경기는 손민수와 오미나의 대결이었다.

손민수는 사실 지예천을 대신해서 온 것이다. 초이스가 되긴 했지만 사실 손민수는 후방에서 보조하는 역할이었기 때문에 이렇게 대회에 나가게 될 줄은 상상도 못했다.

그래도 블루문을 보고 도움을 받기는 했기 때문에 손민

수는 오미나와 한번 제대로 붙어볼까 생각했다. 상대는 초이스가 된지 얼마 되지 않은 신입 초이스였다.

"손이사님! 급한 전화라고 합니다!!"

그때, 비서가 부르는 목소리를 듣고 손민수는 자신이 여기서 이렇게 있을 시간이 없다고 생각했다. 할일이 많다는 것을 상기한 손민수는 기권을 선언했다.

졸지에 기권승으로 올라가게 된 오미나가 영문을 모른 채, 손민수에게 감사인사를 했다.

"회장님. 전 이만… 할 일이 많아서요."

손민수에게 UN그룹의 행정적인 부분을 맡겨놓은 책임이 우주에게도 있었기 때문에 우주는 고개를 끄덕였다.

"1경기, 오미나 승!"

손민수가 눈물을 머금고 일을 하러 가자 우주가 다음 경기를 진행했다.

2경기는 조시한과 이설화의 대결이었다.

조시한은 타고난 싸움꾼이었다. 상대가 이설화만 아니었더라면 첫 경기정도는 이길 수 있었을 지도 모른다.

하지만 이번 토너먼트 때 적설진에게 리벤지를 하기위해서 벼르고 있던 이설화를 넘어설 수 없었다.

블루문에서 무엇을 보았는지 몰라도 이설화는 순식간에 조시한을 얼려버렸다. 2경기의 승자가 결정되고 3경기가 시작되었다.

3경기는 강철민과 황보군의 대결이었다.

초이스 신입팀의 강철민과 초이스 상급팀의 황보군.

대부분의 초이스들은 황보군의 승리를 점쳤다.

"과거, N그룹의 망나니로 불렸을 정도였는데 지금은 전혀 다른 사람이 된 것 같군."

황보군이 강철민의 과거 별명을 들먹거리면서 도발했지만 강철민은 넘어가지 않았다. 황보군의 우락부락한 몸을 보면 알 수 있지만 황보군은 전형적인 파이터였다.

정면 대결을 하면 불리한 것은 당연했다.

아무것도 없는 연무장이다보니 몸을 숨길 곳도 없었다.

강철민은 황보군을 어떻게 상대하면 이길 수 있을지 계속해서 고민했다. 망나니였던 그가 예전부터 잘하는 것이 있었다. 그건 바로 잔머리를 쓰는 것이다. 그래서 그런지 그가 얻게 된 초이스의 능력은 '계략'이었다.

강철민은 싸움터에 나서서 싸우는 초이스가 아니었다.

손민수처럼 뒤에서 전략을 짜는 초이스였기 때문에 절대 정면 대결을 하려고 하지 않았다. 어차피 이 대결은 황보군의 압도적인 우위가 예상 되는 대결이었다.

그래서 강철민은 질 땐 지더라도 황보군을 골려줄 생각을 했다. 물귀신 작전이라도 쓸 생각이었다. 강철민은 약했지만 재벌 2세라는 타이틀은 그에게 다양한 전투보조수단을 마련할 수 있게 해주었다.

강철민이 조그마한 나이프를 꺼내 들자, 황보군의 눈빛이 변했다. 무기를 꺼내는 것을 보고 강철민이 제대로 붙어 볼 심산이라는 것을 깨달았기 때문이다.

"한 수 배우겠습니다."

"좋다! 와라!"

황보군의 우렁찬 외침에 맞춰 강철민이 황보군의 품으로 달려들었다. 정면 대결을 피할 것이라 예상했던 사람들이 놀라서 강철민을 바라보았다.

이 토너먼트의 의의는 블루문을 통해서 바뀐 자신의 능력을 어필하는 대회였다. 강철민 또한 블루문을 보고 얻은 것이 많았다. 그 중 가장 크게 바뀐 점은 바로 계략의 업그레이드였다.

워낙 신체능력이 약했기 때문에 상대방이 예상하지 못한 수를 썼을 때, 강철민의 능력치는 두배로 상승할 수 있었다. 두배로 상승해봤자 황보군의 신체능력을 따라갈 수는 없었다.

"…그렇지만 이렇게 술수를 쓸 수 있을 정도가 된다면야."

황보군을 덮치는 것처럼 보이던 강철민은 황보군의 전후좌우를 돌면서 바닥에 무언가를 빠른 속도로 깔았다.

"마석?"

우주가 강철민이 바닥에 내려놓은 것을 알아보고 중얼거

렸다. 몬스터를 잡고 나온 마석이 에너지원이 된다는 것을 알게 되자 마석의 가격은 높은 수치로 뛰었다.

최근 들어 마석으로 연구를 많이 하다 보니 마석의 가격이 천만원대로 치솟았다.

"무슨 짓을 하려는 것이냐!"

황보군은 강철민의 행태를 보고 주먹을 뻗었다.

강철민은 황보군의 주먹이 날아오는 것을 보고도 피하지 않았다. 강철민의 코앞에서 멈췄기 때문이다.

"와우."

"저게 뭐야?"

구경하던 초이스들의 감탄성을 들은 황보군은 주먹이 아리는 것을 느끼고 인상을 찌푸렸다. 마석이 놓인 곳에서 불투명한 막이 솟아나 황보군의 주먹을 막은 것이다.

"제가 바랐던 것은 도구를 이용해서라도 상대방을 제압할 수 있는 방법이었습니다. 초이스가 된 이후부터 연구를 하고 있었는데, 블루문을 보고 몇 가지 진법에 대해서 배우게 되었죠. 그 진법은 파훼하기 어려우실 겁니다."

황보군은 숨을 참고 힘차게 정권을 질렀다.

쿵!

마석이 만들어낸 인공막이 흔들거렸다.

강철민은 그것을 보고 움찔거렸다. 그때 다시 한번 황보군이 주먹을 내질렀다.

쿠웅!

방금 전보다 더한 진동이 인공막을 후려쳤다.

마석에 자그마한 흠집이 나기 시작했다.

강철민은 한숨을 쉬었다.

지금은 시간제한이 없는 토너먼트라서 그렇지만 만약 다른 사람과 합공할 수 있었다면 황보군을 이겼을 것이다. 전투 초이스가 아닌 것 치고는 훌륭한 성과였다.

한번 더 주먹을 내지르는 황보군을 보고 강철민은 막이 사라지면 미련 없이 기권을 선언하려고 했다.

"쩝. 내가 졌네. 이거 엄청 단단하구만?"

마지막으로 주먹을 내지르려던 황보군이 양손을 들고 패배를 시인했다. 얼떨결에 승리를 하게 된 강철민이 재빨리 마석들을 회수했다. 그러자 인공막이 사라졌고 황보군은 자유로워질 수 있었다.

"대단한 진법이었어. 다음 경기 꼭 이기라고!"

"3경기, 강철민 승!"

황보군은 강철민의 어깨를 두드려준 후에 초이스 상급팀이 모여 있는 곳으로 향했다.

그가 다가오는 것을 본 채민아가 황보군에게 다가갔다.

"괜찮아요?"

"저거 얼마짜리야? 내 손이 이지경이 되다니……."

강철민에게 내색하지는 않았지만 두번 주먹을 내질렀을

뿐인데 주먹을 내지른 손의 뼈가 안쪽에서부터 부러져 버렸다. 강철민은 모르는 것 같았지만 방금 전 강철민이 펼친 진법은 단순히 움직임만 제한하는 진법이 아니었던 것이다.

"힐링."

채민아가 치료를 해주자, 황보군은 주먹이 회복되는 것을 느꼈다.

"도합 4천만원. 방금 네가 부서뜨리려 했던 마석의 값이지."

강태풍이 중앙으로 나가면서 황보군의 물음에 대답해주었다. 다음 경기가 강태풍의 경기였기 때문이다.

황보군은 강태풍의 대답을 듣고 고개를 절레절레 저었다. 역시 초이스계에도 자본은 중요했다.

"아무리 도구의 힘을 빌렸다지만 저 진법은 저 친구의 능력이잖아? 그래도 널 그렇게 만든 능력은 인정해줘야 할 것 같군."

강태풍이 남기고 간 말에 황보군은 고개를 끄덕였다.

황보군은 강철민의 다음 경기 상대가 궁금해지기 시작했다.

"4경기 이하늘 대 강태풍!"

우주의 선언에 이하늘과 강태풍이 앞으로 나섰다.

검을 뽑아 든 이하늘은 강태풍에게 예를 표하고 먼저 달

려들었다. 배치의 능력을 가진 강태풍의 능력을 너무나도 잘 알았기 때문이다.

잠시 후, 제풀에 지친 이하늘이 기권을 선언했다.

강태풍이 마치 자신이 어디로 공격할지 알고 있다는 듯 모든 공격을 피해냈기 때문이다.

"승자, 강태풍!"

5경기와 6경기는 승자가 너무 빨리 결정되었다. 최태수는 김한우에게 저격을 당할까봐 기권을 선언했고, 신지수 역시 신우환에게 기권을 선언했다.

기권한 이유는 듣지 못했다.

그렇게 7경기가 계속해서 진행되었다.

강용기와 최진수의 대결.

강용기는 전형적인 탱커였고 최진수는 원거리 딜러였다. 보통 이런 일대일 싸움에서는 원거리 딜러가 우세했다. 결국 최진수의 마법을 전부 다 막아내지 못한 강용기가 쓰러지면서 승자가 결정되었다.

"최진수 승!"

8경기는 사제인 채민아가 기권을 해서 임철진이 승리하게 되었다. 9경기는 구은지의 쇠사슬에 묶인 강민호가 패배를 선언했다. 그리고 10번째 경기인 배찬우와 이사랑의 경기가 시작되었다. 10경기는 비무라기보다는 한편의 드라마를 보는 듯 했다.

"제 사랑을 받아주시겠습니까?"

"싫어요."

배찬우는 이사랑에게 열렬히 구애를 했다.

이사랑은 그런 배찬우를 계속해서 밀어냈다. 이사랑의 초이스 능력은 이사랑의 이름처럼 '사랑'이었다.

사랑 능력자라고 하면 '저런 능력을 어떻게 써 먹을까?' 하고 생각할 수 있는데, 패시브 스킬로 '사랑의 노예'란 스킬을 가지고 있을 정도로 강력했다.

'사랑의 노예'는 그녀에게 호감이 있는 사람을 그녀가 노예처럼 부릴 수 있는 스킬이었다. 한마디로 사람을 현혹하고 유혹하는데에는 최고 능력자라고 할 수 있었다.

물론 이사랑에게 호감을 가지지 않으면 소용이 없었다.

단점은 자신보다 레벨이 높은 사람에게는 안 통한다는 것. 그리고 배찬우는 이사랑보다 레벨이 높았다.

그런데도 불구하고 저렇게 구애를 열심히 하는 것을 보면 제대로 사랑에 빠진 것 같았다.

"싫다니까요!!"

10경기는 임철진이 이사랑에게 싸대기를 맞으면서 끝이 났다.

"이사랑 승!"

그리고 드디어 우주의 차례가 돌아왔다.

"11경기 하태우 대 박우주."

우주가 직접 지도한 하태우가 도를 뽑으면서 말했다.
"잘 부탁드리겠습니다."
"나야말로."
사실 지금 같은 시기에 이렇게 여유롭게 토너먼트 경기를 열어서 비무나 하고 있는 것을 못마땅해 하는 사람들이 있을 것이라고 우주는 생각했다.
특히 아까부터 백무환은 표정이 좋지 않은 것 같았다.
그렇지만 우주는 지금이 가장 이런 것이 필요할 때라고 생각했다. 블루문을 통해서 배웠던 것을 다시 한번 복습하고 적응할 시간을 우주는 초이스들에게 준 것이다.
손민수에게 사대신수에 대한 소식이 들어오면 바로 연락을 달라고 얘기해 놓았다.
사대신수가 나타나기 전까지 우주는 드래곤과 싸우러 갈 때처럼 많은 준비가 필요했다. 그래야 사대신수를 한마리씩 맡아 충분히 싸울 수 있을 테니까. 우주는 자신과 맞붙게 되는 사람의 전력을 이끌어 낼 생각이었다.
"느리다!!"
하태우의 도법은 평범한 도법이 아니었다. 보통 일반적인 도법은 패도를 추구하는 묵직한 도법이 대부분이었다.
그렇지만 하태우의 도법은 가벼우면서도 쾌를 중시하고 있었다.
"느린 게 맞습니다!!"

우주의 외침에 대답하는 하태우를 보고 우주는 하태우도 블루문을 보고 무언가 깨달았음을 알 수 있었다. 쾌를 추구했던 하태우는 블루문을 보고 느림의 미학에 대해서 배웠다. 속도를 지배하기 위해서는 빠름과 느림을 확실히 조절할 수 있어야 한다고 배웠다.

그래서 하태우는 우주를 상대하면서 속도에 적응을 하고 있는 것이다. 우주는 하태우가 도법에 속도를 가미하는 것을 지켜보면서 빠름과 느림의 미학에 대해서 배우기 시작했다.

우주는 역시 아직 배울 것이 많다고 시작했다.

그렇게 서로가 어느 정도 상대의 속도를 파악한 순간, 둘의 대결은 상식을 벗어나기 시작했다.

"와, 회장님도 대단하지만, 하태우도 대단한 걸?"

"도를 저렇게 빨리 휘두르다가 갑자기 느려지다니."

"그런데 그건 회장님이 들고 계신 술병도 마찬가지 아니야?"

우주와 하태우의 비무를 구경하던 초이스들 역시 많은 것을 배우고 있었다.

조금의 시간이 흐르자 우주가 말했다.

"적응은 완벽해진 것 같은데, 다음 경기도 진행해야 되니 이제 승부를 볼까?"

"좋습니다."

우주의 제안에 하태우가 검을 검집에 집어넣었다. 마지막 일격은 발도술을 사용할 것 같았다. 그 모습을 본 우주도 술병을 허리춤에 매달았다.

그리고 서로가 서로에게 다가가기 시작했다.

한걸음, 두걸음, 세걸음!

세걸음째 발을 뗀 순간, 우주와 하태우가 서로를 스쳐지나갔다.

"세번입니까?"

"일곱번이었어."

"하하. 졌습니다."

하태우는 몸 여기저기가 쑤신 것을 느끼면서 쓰러졌다.

술병과 도가 부딪히는 와중에 우주의 술병이 하태우의 몸을 때린 것이다.

"승자는 박우주!"

스스로 이겼다고 말하는 것이 부끄러웠지만 경기 진행을 위해서 승자를 이야기한 우주는 12경기를 진행했다.

12경기는 남궁민과 신수아의 대결이었다.

신수아는 그리핀의 내단을 먹고 바람의 힘을 다룰 수 있게 되면서 강력해졌다. 남궁민 또한 그것을 알고 있었다. 신수아는 경기가 시작되자마자 공중으로 떠올랐다.

바람의 힘을 통해서 하늘에서 원거리 공격을 가할 생각이었다. 남궁민의 검술은 티비로 많이 봐서 알고 있었다.

신수아는 이번 경기가 자신에게 압도적으로 유리하다고 생각하면서 활을 꺼내들었다.

남궁민은 하늘로 떠오른 신수아를 보면서도 별로 신경 쓰지 않았다. 예전에는 무리였지만 지금은 허공에 있는 상대도 공격을 할 수 있는 방법이 있었다.

남궁민이 검을 뽑아들었다. 남궁민이 검을 뽑는 모습을 본 신수아가 바람의 화살을 쏘려고 하는 순간이었다.

남궁민은 검을 놓아버렸다.

토너먼트

"이기어검!!"

남궁민의 경지가 한단계 상승한 것을 확실히 보여주는 기술이었다. 하늘로 떠오른 검은 신수아를 향해서 쏘아져 나갔다. 신수아는 남궁민을 노리려던 바람의 화살을 검에게 집중시킬 수밖에 없었다.

"이익!!"

이렇게 쉽게 이점이 사라진 것이 분했던 신수아가 화살을 연속해서 쏘기 시작했다. 하지만 허공을 자유롭게 날아다니는 검을 맞출 수는 없었다. 거기다 찬란하게 빛나는 검강은 금방이라도 자신을 두 동강 내버릴 것 같았다. 신수아는 블루문을 보고 난 다음 얻은 것을 떠올렸다. 아처 클래스 초이스인 그녀는 그리핀의 내단을 먹으면서 그리핀의 힘을 얻게 되었다. 그리고 바람의 힘을 다루면서 바람의 궁수가 될 수 있었다.

그런 그녀에게 블루문은 그리핀을 만나게 해주었다.

그렇게 블루문을 빠져나온 신수아는 하나의 사기 스킬을 얻을 수 있었다.

[소환수, 그리핀 소환.]

—그리핀 게르마농의 힘을 이어받은 자만 사용 가능, 그리핀 게르마농은 1시간 동안 소환할 수 있다.

소환수를 갖게 되었다는 것을 아무에게도 알리고 싶지 않았는데, 토너먼트 첫 상대가 남궁민인 이상 비장의 카드를 꺼내야 될 것 같았다.

이념만으로 검을 조종하고 있던 남궁민은 신수아를 중심으로 엄청난 바람이 모여드는 것을 보고 신수아가 비장의 무기를 꺼낸다고 생각했다.

뭐가 나와도 상관없었다. 남궁민 역시 아직 꺼내들지 않은 비장의 기술이 있었으니까 말이다.

"소환수! 그리핀 소환!!"

"……?!"

막대한 바람의 힘이 신수아에게서 빠져나가면서 신수아의 앞에 그리핀이 소환되었다.

파지직. 파지직.

번개와 바람을 다루는 그리핀이 소환되자 하늘에 먹구름이 끼기 시작했다. 설마 신수아가 얻은 것이 소환수일줄은 생각도 못했던 사람들이 소환된 그리핀을 바라보았다. 확실히 통제가 되는지 의문이 들었기 때문이다.

거기다 먹구름이 끼는 것을 보니 이 기세라면 그리핀의 필살기인 '윈드 오브 썬더'까지 사용할 수 있을 것 같았기 때문이다.

남궁민은 그리핀이 소환되자 하늘을 휘젓고 다니던 이기어검을 회수했다. 이 비장의 스킬로 인해 남궁민이 당황한 것 같아 보이자 신수아는 매우 만족했다.

"그리핀, 저 녀석을 혼내 줘!"

"알았다."

그리핀, 게르마농의 가장 큰 메리트는 말이 통한다는 점이었다. 신수아의 명령을 받은 그리핀이 지상으로 내려와서 남궁민 앞에 내려섰다.

"신수아."

"네, 넵!"

그리핀과 시선을 마주한 남궁민이 신수아를 불렀다.

"그리핀을 죽이면 다시는 불러낼 수 없는 건가?"

“그리핀을 소환하는데 쓴 기력만 회복한다면 다시 불러낼 수 있습니다만?”

결국 죽어도 아무 문제가 없다는 말이었다.

남궁민의 말에 이상함을 느낀 신수아가 소리쳤다.

“설마… 그리핀을 죽일 생각이신가요?”

“미안하지만 그래야 할 것 같아서.”

“안 돼요!!”

신수아가 소리쳤지만 이미 그리핀이 남궁민에게 달려들고 있는 상황이었다. 기검은 아직 완벽하게 컨트롤 할 수 없었다. 최대한 사리려고 노력을 해보겠지만 검에 눈은 없었다.

“창천십검(蒼天十劍).”

남궁민의 뒤에 기검 열개가 생성되었다.

아직 현실에선 이정도가 한계였다. 내공의 소모도 엄청났기 때문에 유지시간도 짧았다. 그렇기 때문에 남궁민은 속전속결로 그리핀을 처리할 생각이었다.

허공을 수놓은 기검을 보고 다른 초이스들이 감탄했다.

특히 무인들은 남궁민의 나이에 이기어검의 경지를 이룩한 것도 놀라운 데, 기검까지 다루는 모습에 기절초풍할 노릇이었다.

“돌아가라.”

남궁민이 손짓하자 남궁민의 뒤에 둥둥 떠 있던 기검들

이 그리핀을 향해 쏘아졌다. 그러자 신수아가 그리핀에게 소리쳤다.

"그리핀! 윈드 오브 썬더!!"

역시 윈드 오브 썬더를 사용할 수 있을 것 같았다. 남궁민은 예상이 한 치도 빗나가지 않았다고 생각하면서 하나의 검을 하늘로 올려 보냈다. 번개는 피뢰침만 있으면 막아낼 수 있었다.

창천십검 중 하나를 제외한 창천구검이 그리핀을 덮쳤다. 아홉개의 검이 그리핀을 관통하자, 그리핀이 소멸하면서 신수아가 지상으로 떨어져 내렸다. 아무래도 소환수가 타격을 입으면 소환자도 같이 타격을 입는 것 같았다.

"채민아!!"

신수아가 떨어지는 것을 본 남궁민이 채민아를 황급히 불렀다.

"괜찮아. 잠시 기절한 것뿐이다."

남궁민보다 먼저 신수아를 받아 낸 우주가 말했다.

그제야 안심이 된 남궁민이 우주에게 말했다.

"죄송합니다."

"아니다, 괜찮아. 비무중에 일어난 일인데 뭐. 거기다 신수아도 자기가 타격을 입는 리스크는 생각지 못했던 것 같아."

알았다면 미리 말했을 거라고 우주는 생각했다. 어쨌든

12경기는 남궁민의 승리였다.

"12경기, 남궁민 승! 신수아 좀 부탁해."

남궁민에게 신수아를 맡긴 우주가 다음 경기를 진행했다. 13경기는 적설진과 석창호의 대결이었다.

적설진과 석창호가 앞으로 나섰다. 석창호는 등 뒤에 메고 있던 긴 창을 뽑아들고 자세를 취했다. 적설진과 석창호는 애매한 관계였다.

UN그룹의 다섯 직원은 초이스 아카데미의 교관이었다. 하지만 유독 특출나게 뛰어난 초이스들이 있었고 그들에게는 다섯 직원도 함부로 대하지 못했다.

석창호는 적설진을 상대로 방심하지 않았다. 오히려 투지를 불태우고 있었다. 석창호는 초이스 아카데미의 최고의 교육생 적설진을 이기고 싶었다.

평소였다면 적설진은 말없이 석창호를 카피했을 것이다. 그게 거울의 초이스가 싸우는 방법이었으니까 말이다. 그렇지만 블루문에서 시련을 딛고 나온 적설진은 석창호를 카피하지 않았다.

"교관님. 조심하십시오. 지금은 예전의 제가 아니라서 말이죠."

적설진이 이렇게 말을 많이 하는 것을 처음 본 석창호가 침을 꿀꺽 삼켰다. 적설진의 분위기가 완전 달라져있었다. 보는 사람마저 두려움에 떨만한 기운을 뿌려대는 적설진을 본 우주가 권창우를 돌아봤다.

"마기지? 저거."

"네. 마교의 후예가 여기 있을 줄은 정말 상상도 못 했네요."

적설진이 뿜어내는 기운은 어둠의 기운이라고 불리는 마기였다.

옛날 중원 무림을 호시탐탐 노렸던 극악한 마인집단, 마교의 마인들에게만 전수되는 기운이 바로 마기였다.

그리고 현재도 마기를 지니고 있는 무인을 배척하고 있었다. 우주는 적설진이 누구이든 상관없었다.

어차피 적설진은 적설진이었다.

"이거, 적설진이 한층 더 강해진 것 같지?"

"굉장하네요."

권창우는 석창호의 패배를 예상하면서 과연 자신이라면 적설진을 어떻게 상대했을지 생각하기 시작했다.

선공은 석창호가 창을 찌르면서 시작했다. 석창호의 창은 휘어지면서 적설진의 급소를 노려왔다. 그러자 적설진은 석창호의 창을 맨손으로 잡으려 했다. 설마 창을 맨손으로 잡을 생각을 할 줄은 몰랐던 석창호가 재빨리 창을 찌르기에서 베는 것으로 바꿔서 휘둘렀다.

그대로 적설진의 손을 베어 버릴 생각이었다.

콰잉!!

적설진의 손과 석창호의 창이 부딪혔는데 폭발이 일어났다. 석창호는 손아귀가 저려오는 것을 느끼면서 적설진을 바라보았다. 적설진은 완전히 괴물이 되어 있었다.

"석창호의 창술도 괜찮긴 한데, 저 마기를 뚫은 수는 없을 것 같네. 잰 저런 게 있었으면 진작 쓸 것이지, 왜 숨기고 있었대?"

우주의 중얼거림에 권창우가 고개를 끄덕였다. 어쩌면 안 쓴것이 아니라 못 쓴것이 아닐까하고 권창우는 생각했다. 마교의 후예라는 것을 드러내기란 쉽지 않았을 테니까 말이다.

블루문에서 보여준 어떠한 계기로 인해서 적설진이 원래의 무공을 드러낸 것이 아닐까하는 생각을 했다.

블루문을 통해서 조화로움을 얻은 것처럼 말이다.

"계속해서 이렇게 시선집중을 받고 싶지는 않아서, 이만 끝내도록 하겠습니다."

적설진이 말했다. 석창호도 고개를 끄덕였다. 단 한번이었지만 석창호는 적설진의 강함을 실감했다. 적설진의 의도처럼 다음 일합에 승부를 봐야만 했다.

석창호는 창을 꽉 잡았다. 어설픈 공격은 먹히지 않을 것이다. 최선의 방어는 공격이라는 말이 있었다. 석창호가 창을 돌리면서 소리쳤다.

"와라!!"

적설진은 많은 걸 하지 않고 손가락으로 석창호를 겨누었다. 석창호는 적설진이 손가락으로 자신을 겨누자 소름이 돋는 것을 느끼고 재빨리 그가 지닌 최고의 창술을 펼쳤다.

"자전지강(紫電指剛)."

하지만 석창호가 뻗은 창은 적설진이 쏘아낸 지강에 뚫려서 반으로 갈려져 버렸다. 그리고 석창호의 몸에 지강이 닿기 전에 강기가 소멸했다. 적절한 기의 분배였다.

"저 정도면 기를 완벽하게 다룰 수 있는 것 같지?"

창이 반토막 나서 좌절한 석창호를 보고 우주가 나섰다. 이 토너먼트에서 드래곤 슬레이어의 무구를 사용하는 것을 미리 금지해 두었기 때문에 석창호가 사용한 창은 그가 전에 쓰던 창이었다. 그래도 유니크 등급의 창이었는데 적설진의 강기 공격 한번에 반토막이 나버렸다.

"적설진 승!"

우주는 적설진의 승리를 발표하고 14경기를 속행했다.

"백무환 대 장진주 앞으로!!"

백무환은 지금 신경이 굉장히 곤두서 있는 상태였다.

사대신수가 언제 어디서 날뛸지 모르는 상황에서 이런 토너먼트를 연 것을 이해할 수 없었다.

이곳에 있는 모두를 분산시켜서 사대신수를 찾아도 모자를 시간에 말이다. 우주에게 불만은 많았지만 백무환은 겉으로는 표현하지 않고 우주가 하라는 대로 따르고 있었다. 백무환의 상대는 초이스 신입팀의 장진주였다.

장진주는 뛰어난 기억력으로 초이스 하급팀 시절 팀에게 도움을 준 인물로 전투계열 초이스는 아니었다.

"저는 기권할게요."

앞으로 나서던 백무환이 멈칫거렸다. 장진주가 기권함으로써 부전승으로 올라가게 되었기 때문이다.

백무환은 무심한 표정으로 우주를 바라보았다.

"백무환 승! 1회전 마지막 경기, 권창우 대 조민기 앞으로!"

백무환은 조용히 승자들이 있는 곳으로 향했고, 권창우와 조민기가 연무장 중앙에 섰다.

조민기는 신우환을 누르고 초이스 신입팀의 최강자가 되었을 정도로 창을 잘 다루는 초이스였다.

방금 전, 석창호의 창이 반토막 나는 것을 본 조민기는 기분이 다운되어 있는 상태였다.

상대가 권창우라는 것도 마음에 걸렸다.

"잘 부탁한다."

"넵!!"

권창우가 먼저 인사를 건네자 조민기가 잔뜩 긴장한 목소리로 대답했다. 생각보다 조민기가 많이 긴장을 하고 있는 것 같자, 권창우는 조민기의 긴장을 풀어주기 위해서 말을 걸었다.

"조민기. 블루문을 통해 무엇을 보았지?"

조민기는 권창우가 건넨 말에 창을 꺼내서 돌리면서 대답했다.

"그곳에서 저는 거대한 창을 보았습니다."

"거대한 창?"

"가끔 상상했거든요. 광활한 초원을 말을 타고 달리는 것을요."

그 말에 권창우는 조민기의 창술이 석창호같은 창술이 아닌 마상용 창술이라는 것을 깨달았다. 권창우와 대화를 하면서 긴장을 푼 조민기는 블루문을 통해서 얻은 것을 사용해보기로 했다.

"적토마 소환."

조민기가 거대한 적토마를 소환하여 말을 타는 모습을 지켜보던 권창우는 조민기가 든 창이 랜스가 아닌 것을 보고 의아했다. 하지만 더 이상 말을 더하지 않고 주먹을 풀기 시작했다.

마상위에서 창을 휘두르는 상대는 충분히 위협적이었다. 권창우의 몸에서 태극이 흘러나오기 시작했다.

음양오행이 권창우를 중심으로 돌아가기 시작했다.

"가겠습니다!"

"와라!!"

조민기는 적토마 위에서 창에 기를 주입했다. 그러자 창을 둘러싼 강기가 랜스의 형태를 띠기 시작했다.

그 모습을 본 권창우는 조민기의 창이 랜스가 아닌 이유를 알 수 있었다.

권창우는 창을 들고 달려드는 조민기를 향해서 정면으로 달려들었다. 조민기는 권창우가 달려드는 것을 보고 이를 악물었다. 말을 타지 않는 상대를 랜스 차지로 날려버리는 것은 마상전투의 기본이었다.

그렇게 권창우와 조민기가 부딪혔다. 조민기가 내지른 랜스는 권창우의 가슴을 정확히 노렸다. 조민기는 공격이 성공할 것이라 확신하고 마지막에 힘을 조금 뺐다.

그리고 그 순간 권창우가 조민기의 랜스를 잡고 그대로 적토마와 함께 조민기를 냅다 던져버렸다.

"이화접목(移花接木)!!"

남궁민이 권창우가 쓴 수법을 알아보고 소리쳤다.

이화접목은 공격한 상대가 모르게 적의 힘을 이용하는 수법이었다. 바닥에 내팽개쳐진 적토마가 사라져버리고 조민기는 바닥을 나뒹굴었다.

달려드는 힘이 컸던 만큼, 그 충격을 조민기가 그대로 받은 것이다. 조민기가 기절하자, 우주는 권창우의 승리를 외쳤다.

이렇게 토너먼트 1회전이 끝나고 16강, 아니 15강 멤버

들이 결정되었다. 그전에 부전승을 한명 뽑아야만 했다. 우주는 제비뽑기로 부전승을 뽑았고 남궁민이 부전승으로 8강에 올라가게 되었다.
그렇게 2회전 대진표가 나왔다.

[1경기 오미나vs이설화] [2경기 강철민vs강태풍]
[3경기 김한우vs신우환] [4경기 최진수 vs 임철진]
[5경기 구은지vs이사랑] [6경기 박우주vs적설진]
[7경기 백무환 vs 권창우]

우주는 계속해서 경기를 진행했다. 빠르게 경기를 진행하고 사대신수를 찾아야 할 것 같았다. 아까부터 백무환의 시선이 심상치 않았기 때문이다. 신기하게도 2회전 대진표는 여자들은 여자들끼리 붙게 되었다.
손민수의 기권으로 2회전에 올라온 오미나는 이설화가 상대라는 것을 알고 이를 갈았다. 일반부 최하급팀인 시절, 오미나는 남자들을 노예처럼 부려서 초이스가 된 것이나 마찬가지였다.
그에 반해 이설화는 스스로의 힘으로 초이스가 된 케이스였다. 오미나는 이설화 같은 여자들이 부러웠다. 혼자서 강해지는 것은 무척 어려운 일이었기 때문이다.
오미나는 블루문을 통해 많은 여자들을 만났다.

다양한 경험을 가지고 있는 여자들을 만나면서 오미나는 스스로 자신감을 회복해갔다. 그래도 자격지심이 남는 것은 어쩔 수 없는 일이었다.

"기권해."

이설화가 오미나에게 말했다.

나름 이설화는 오미나를 배려해서 한 말이었는데 그 말이 오미나의 자존심에 스크래치를 내 버렸다.

"싫다면요?"

쌍심지를 키고 달려드는 오미나를 보고 이설화는 표정을 굳혔다. 배려를 해줬는데도 불구하고 거절한다면 얼려버리면 그만이었다.

"얼어 버리겠지."

이설화가 우주를 돌아봤다. 얼른 시작신호를 내리라는 무언에 압박에 우주가 쓴 웃음을 지었다.

"토너먼트 2회전 제1경기, 스타트!"

비무가 시작되자 이설화는 봐주는 거 없이 양손을 휘저었다. 양손에 생성된 날카로운 얼음칼이 오미나를 향해서 쏘아졌다.

오미나는 바닥을 구르면서 이설화의 공격을 피했다.

"내가 쉽게 당할 것 같지?!"

바닥을 구르면서 오미나는 품에서 비수를 꺼내들었다.

모두가 알고 있었다. 오미나는 전투계열 초이스가 아니

라는 것을. 그럼에도 불구하고 이설화에게 달려드는 모습을 보고 사람들은 불나방을 떠올렸다.

그리고 불나방은 장렬하게 얼어붙어 버렸다.

"미안. 봐주고 싶었는데. 나도 한 성깔하는 성격이라서."

채민아를 불러서 오미나를 데려가게 한 우주가 선언했다.

"이설화 8강 진출!"

이설화는 별 감응 없다는 느낌으로 자리로 돌아갔고 우주는 계속해서 2경기를 진행시켰다.

강철민과 강태풍이 앞으로 나섰다.

1회전에서 강철민이 뛰어난 활약을 보였기 때문에 구경꾼들은 흥미로운 표정으로 강철민을 바라봤다.

이번에는 어떤 방법으로 놀라게 할 것인지 기대하는 표정이었다. 하지만 상대가 너무 좋지 않았다.

강태풍은 이제는 거의 예측을 하는 수준으로 강철민의 공격을 다 차단했다. 거기다 강철민이 무언가를 하려고 마음먹었다 싶을 때면 강철민에게서 멀찍이 떨어졌다.

결국 강철민은 기권을 선언할 수밖에 없었다.

"강태풍 8강 진출! 김한우랑 신우환. 앞으로!"

생각보다 경기가 빠른 속도로 전개되자 우주는 진행속도를 높이기로 했다. 3경기는 김한우와 신우환이었다.

둘은 서로를 가장 잘 아는 콤비였다. 운명은 잔인하게도 둘을 붙여놓고 말았다. 최하급팀 시절부터 합을 맞춰왔던 둘이 맞붙었다.

사실 김한우가 불리한 싸움이었다. 저격수인 김한우는 원거리 공격을 더 잘했기 때문이다. 신우환은 그걸 알고 최대한 근접전으로 김한우를 상대하려고 했다.

신우환은 비도를 김한우는 총을 들고 싸웠다. 김한우도 저격만 할 줄 아는 것이 아니었다. 혹시 모를 근접전에 대비한 권총정도는 김한우도 가지고 다녔다. 하지만 김한우는 권총을 사용하지 않고 있었다.

"너, 혹시 내가 총 맞을까봐 안 쏘는 거냐?"

계속해서 신우환이 날리는 비도를 피하기만 하고 있자 신우환이 김한우에게 물었다.

김한우는 무심한 표정으로 말했다.

"그럴 리가 없잖아."

김한우의 대답에 신우환은 아무런 걱정 없이 신우환을 계속해서 공격하기 시작했다. 김한우는 허튼소리를 할 성격이 아니었다. 그렇다면 무언가를 노리고 있다는 말이었다. 혹시 모를 기습에 대비하며 신우환은 비도를 이용해서 김한우를 압박해갔다.

우주는 경기를 지켜보다가 김한우의 움직임을 보고 감탄했다. 계속해서 비도를 조종하고 있는 신우환은 모르겠지

만, 미묘한 차이로 김한우가 비도를 피하는 움직임이 여유로워지고 있었다. 우주도 김한우가 결정적인 한방을 준비하고 있다고 생각했다. 그렇게 계속해서 둘의 경기를 바라보고 있던 우주는 이상함을 느꼈다. 아직 녀석들의 발전된 모습을 볼 수 없었기 때문이다.

그때, 김한우의 움직임이 변했다. 접근전을 좋아하지 않는 김한우가 신우환에게 오히려 달려드는 모습을 본 우주는 지금이 결정적인 순간이라고 생각했다.

"피해."

신우환에게 정말 가까이 붙은 김한우가 말했다.

그리고 그 말이 끝나는 순간, 김한우의 양손에 기관총이 생성되었다. 저격총만 다루던 김한우가 연사총을 다루게 되었다는 사실을 깨달은 우주가 경기에 난입하려고 했다. 아무리 우주라도 기관총에 벌집이 된 사람을 살릴 수 있는 재주는 없었다.

"너야말로."

경기에 난입하려고 했던 우주는 신우환의 목소리와 함께 우뚝 멈춰 섰다. 그러고 보니 아직 신우환의 발전된 모습을 보지 못했다.

김한우가 신우환에게 가까이 붙었을 때, 김한우와 신우환 사이에는 그동안 신우환이 던진 수많은 비도가 떨어져 있었다. 그리고 김한우가 기관총을 느는 순간, 바닥에 떨어져 있던 비도들이 움직였다.

결국 김한우는 방아쇠를 당기지 못했다. 바닥에 있던 비수들이 어느새 그의 전신 요혈을 노리고 둥둥 떠 있었기 때문이다.

"졌다, 졌어."

김한우의 한탄과 함께 우주의 목소리가 울려 퍼졌다.

"3경기, 신우환 8강 진출!"

1회전에 전력을 보여주지 않은 초이스들이 2회전에 승리할 가능성이 더 크다는 것을 보여주는 경기였다.

결국 우승을 위해서는 숨겨둔 비장의 한 수가 몇 개는 있어야 가능하다는 말이었다.

4경기는 최진수과 임철진의 대결이었다. 이번 경기도 1회전 때 별로 활약할 기회가 없었던 두 초이스의 경기였다. 전 경기가 초이스 최하급팀 동료들 간의 싸움이었다면 이번에는 초이스 상급팀끼리의 싸움이었다.

고독한 마법사와 근육 콤비1이 격돌했다. 근육 콤비2는 강철민과의 대결에서 져서 이미 탈락한 상태였다. 콤비는 두명이 있을 때 완전체가 되는지 임철진은 혼자서 힘을 별로 쓰지 못했다. 결국 최진수의 마법공격에 임철진이 항복하면서 이번 경기도 싱겁게 최진수가 이기게 되었다.

"최진수, 8강진출! 2회전 5경기, 구은지 대 이사랑. 앞으로!!"

다시 여자들끼리의 싸움이 벌어졌다. 보통 일반인 여자들끼리 싸우면 머리채를 잡아서 쥐어뜯는 싸움을 상상하고는 했다. 거기다 2회전, 1경기 때 오미나가 이설화에게 이를 갈아대던 것을 보아왔던 남자들은 이번 경기도 그런 경기가 될 것이라고 예상했다.

하지만 경기는 생각보다 쉽게 끝이 나 버렸다.

오미나와 이설화와 다르게 둘은 친한 언니, 동생 사이였고 서로 웃으면서 비무를 치르다가 이사랑이 구은지에게 포박당하면서 승자가 결정되었다.

"구은지, 8강 진출!"

이렇게 토너먼트를 진행하다보니 다시 우주의 차례가 돌아왔다. 2회전 남은 경기는 박우주와 적설진, 백무환과 권창우의 경기였다. 재미있는 경기가 펼쳐질 것이라 예상한 구경꾼들이 멀찍이 떨어져서 자리를 잡기 시작했다.

그렇게 우주와 적설진이 한걸음씩 앞으로 나서자 다른 초이스들이 한 걸음 뒤로 물러섰다. 우주와 적설진이 싸우면 그 피해는 엄청날 것이라고 예상했다.

특히 마교의 진전을 이어받은 적설진이 얼마나 강해신지 아무도 몰랐기 때문에 둘의 대결은 더욱 흥미로웠다.

"2회전, 6경기 시작하도록 하지."

우주의 시작소리와 함께 적설진이 우주에게 먼저 달려들었다. 우주가 얼마나 강한지는 석설진이 가장 잘 알고 있었다. 선수필승이었다.

"하하! 너무 정색하고 달려드는 거 아냐?"

그때, 마켓에서 처음 적설진을 보았을 때, 결국 한번은 이렇게 적설진과 손속을 나눌 수 있을 것이라 생각했다.

적설진이 만약 초이스 아카데미에 들어오지 않았더라면 우주와 조금 더 빨리 겨루었을지도 모르는 일이었다.

적설진의 전신에서 자색 마기가 넘실거리기 시작했다. 마교의 무공을 실제로 접하게 된 우주도 조금은 흥분한 기색이었다.

우주 역시 전신에서 주향이 진동하기 시작했다.

백무환에게 미안한 말이었지만 사대신수를 상대하는 것보다 눈앞의 적설진과의 비무에 더 집중을 하고 싶었다.

"죄송하지만 제 목표가 바로 당신을 쓰러뜨리는 거였다고 하면 믿으시겠습니까?"

"어, 믿어. 네 원래 성격이 지금 그 성격이라면 날 쓰러뜨리기 위해서 초이스 아카데미에 들어왔다는 것이 사실일 것 같아."

우주는 그래도 상관없었다.

적설진이 좋은 녀석이라는 것은 변하지 않았다. 만약 우주를 암습할 생각이었다면 기회는 넘쳤기 때문이다.

"덤벼 봐!"

우주가 술병을 마구잡이로 적설진에게 던지기 시작했

다. 적설진은 날아오는 술병을 묵묵히 피하기만 할 뿐이었다. 저 술이 폭탄이 될지, 독이 될지 알고 있는 것은 우주뿐이었다.

우주에게 다가가기가 어렵게 되자 적설진은 계획을 바꿔서 인벤토리에서 검을 꺼내들었다.

"적설진이 검이라니! 다들 놀라 자빠지겠는걸."

"그러게요. 저도 얼마 만에 잡아보는 검인지 모르겠네요. 마교에는 엄청나게 많은 수의 무공이 존재합니다. 그리고 전 그 수많은 무공 중에 극히 일부분만 익혔을 뿐이죠."

적설진이 검을 높게 들었다가 내려찍었다.

검은색 검강이 초승달을 뿌리기 시작했다.

"그 중 하나인 수라월강도법(修羅月剛刀法)입니다!!"

수많은 검은 초승달이 우주를 향해서 덮쳐왔다. 우주는 적설진의 시선을 잡아 둘 무언가가 필요하다고 생각했다.

제운종을 펼치면서 검은 초승달을 피해낸 우주가 중얼거렸다.

"스킬, '코젤' 시전."

[스킬 '코젤'을 시전합니다. 코히시브젤을 소환합니다.]

코히시브젤, 아는 사람만 안다는 코히시브젤은 가슴확

대수술에 필요한 보형물의 이름이었다.

우주가 가슴확대 수술을 할 리는 없었다. 우주는 자신의 전신과 똑같이 코히시브젤로 만들었고, 이 코히시브젤로 적설진의 시선을 끌 생각이었다.

그리고 우주는 알코올 속성을 환(幻)으로 바꾸어서 모습을 숨겼다. 모습을 숨기고 난 다음에 우주가 한 일은 다른 스킬을 사용하는 것이다.

"스킬, '타이거' 시전."

[스킬 '타이거'를 시전합니다. 거대한 호랑이를 소환합니다.]

마치 코히시브젤이 호랑이를 소환하는 것 같은 모습을 연출한 우주는 적설진 몰래 싸움터를 빠져나갔다.

갑작스럽게 튀어나온 호랑이가 적설진을 물어 죽이려고 달려들었다. 호랑이를 단칼에 베어버린 적설진이 우주가 서 있는 곳을 향해 뛰어들었다.

우주를 쓰러뜨리려면 근접전이 가장 효과적이라는 것을 느꼈기 때문이다. 어떻게 소환하는지는 몰랐지만 우주가 소환수들을 많이 가지고 있다는 사실 역시 적설진은 알고 있었다. 그렇기 때문에 소환수들을 꺼낼 시간이 없도록 몰아붙여야 했다.

그렇게 자색 검강을 하늘 높게 치켜들고 우주를 향해 내려찍은 적설진은 실수를 했다는 것을 깨달았다.

검을 내려찍을 때까지 우주가 아무런 반응을 하지 않았기 때문이다.

"알코올 속성 변환, 중첩. 폭발(爆發)!"

코히시브젤을 소환할 때 미리 땅에 깔아둔 알코올을 지뢰처럼 사용한 것이다. 적설진이 휘두른 검이 코히시브젤에 닿는 순간, 거대한 폭발이 일어났다.

급하게 호신강기를 끓어 올렸지만 폭발의 여파를 막을 수는 없었다. 속이 진탕되면서 내상을 입은 적설진이 죽은 피를 뱉어내었다.

"헉, 헉."

폭발도 어느 정도 수준이 있었는데, 우주가 일으킨 폭발은 소규모 핵폭발과 맞먹을 수 있는 폭발이었다.

이미 연무장은 연무장이라고 불릴 수 없을 정도로 망가져 있었다.

"카피(Copy)."

적설진도 피해만 입은 것은 아니었다. 실수였긴 하지만 재치를 발휘해서 우주가 일으킨 폭발을 카피했다.

얼마나 대단한 능력인지 몰라도 카피를 했다고 무한정 쓸 수 있는 기술이 아니었다.

'한번밖에 못쓰다니, 내체 일마나 큰 기술인거야?'

카피를 통한 스킬 사용은 기를 소모하는 일이었다.

이 말은 즉 우주가 일으킨 폭발을 적설진이 스킬로 사용한다면 단 한번 사용하고도 내공이 메마르는 현상을 겪어야 된다는 말이었다.

알코올 초이스의 정확한 능력을 몰랐기 때문에 적설진은 이런 판단을 내릴 수밖에 없었다.

그래도 이 한방이면 우주에게 제대로 한방 먹여줄 수 있다는 생각에 적설진은 마기를 온 사방으로 뿜어대면서 우주를 찾기 시작했다.

분명 어딘가에서 함정에 빠진 적설진을 보고 있었을 것이다. 이 좁은 연무장에서 몸을 숨길 수 있을 리가 없었다. 적설진이 눈을 감았다. 우주가 환상을 보여준 것이라면 눈을 감는 것이 더 효율적이었다.

"나오십시오!"

눈을 감은 이상, 우주는 위치를 들킨 것이나 다름없다고 생각하고 적설진을 마무리 지을 스킬을 사용했다.

"스킬, '템프3' 시전."

[스킬 '템프3'를 시전합니다. 임시로 아무거나 세가지를 사용할 수 있습니다.]

우주는 술을 종류별로 여러 개 마시길 정말 잘했다고 생각했다. 특히 템프 같은 경우는 정말 사기적이라고 생각되는 스킬 중 하나였다.

임시로 아무거나 세가지를 사용할 수 있다는 것은 그게 스킬이라도 상관이 없다는 말이었다. 그리고 우주에게 있어서 스킬 하나의 가치는 어마어마했다.

"거기군요!"

그러는 사이 우주의 기감을 느낀 적설진은 그가 알고 있는 마교 최강의 무공을 펼쳤다.

"자전강기(紫電剛氣)!!"

적설진의 공격에 연무장이 무너져 내렸다. 우주는 지금의 상황을 해결할 수 있는 스킬을 '템프3'로 시전 했다.

"스킬, '템프3' 첫번째 시전. 어얼리 타임즈."

[스킬 '템프3'의 효과로 '어얼리 타임즈'가 시전됩니다.]

[어얼리 타임즈]

—쉬는 시간. 무엇을 하고 있든지 어떤 일이든 잠시 쉬게 할 수 있다.

어얼리 타임즈의 효과로 적설진의 자전강기가 멈췄다.

자전강기가 멈추자 우주가 자연스럽게 모습을 드러내었다.

"계속할 거야?"

우주의 양손에 모여 있는 엄청난 기운을 본 적설진이 고개를 저었다.

"제가 졌습니다."

적설진의 항복 선언에 우주는 아직 '템프3'의 효과로 양손에 기운을 응집시켜 놓았던 '아무거나' 두발의 힘을 캔슬시켰다. 적설진이 기를 너무 소진해서 주저앉자 우주가 주위를 둘러보았다. 연무장이 초토화 되어 있었다.

한숨을 쉰 우주가 다음 경기 순서인 백무환과 권창우를 돌아보았다.

"여기서 붙어 볼 수 있겠냐?"

백무환과 권창우가 고개를 저었다. 결국 토너먼트가 중단될 것 같았다. 토너먼트의 중단을 선언하려는 찰나에 연무장으로 누군가 헐레벌떡 뛰어오는 것이 보였다.

"손민수?"

"회, 회장님. 크, 큰일 났습니다!!"

큰일이 났다는 소리에 백무환은 혹시 사대신수에 대한 일인가 싶어서 손민수에게 달려갔다.

백무환을 본 손민수가 침을 꿀꺽 삼켰다.

"진정하고 말해. 무슨 일이야?"

손민수에게 다가온 우주가 손민수를 진정시키고 물었다. 손민수는 우주를 보더니 심호흡을 한번 하고 말했다.

“자연재해가 동시다발적으로 일어나기 시작했습니다. 북쪽에서는 화산이 폭발했고 동쪽에서는 폭우가 내리고 남쪽에서는 해일이 덮쳐왔고 서쪽에서는 지진이 일어났습니다.”

우주가 심각한 표정으로 백무환을 돌아봤다.

동, 서, 남, 북. 사대신수의 소행이 분명했다.

“녀석들이 움직이기 시작했군요.”

역시 이런 토너먼트 따위를 진행해서는 안 되는 거였다. 백무환은 어딜 먼저 가야될지 고민하기 시작했다.

“결국 넷이 동시에 일을 벌이는군. 이설화, 강태풍. 북쪽으로 가서 주작을 제압해라. 신우환, 최진수. 동쪽으로 가서 청룡을 잡아 와. 구은지랑 나는 서쪽에서 백호를 잡는다. 그리고 백무환, 권창우, 남궁민은 남쪽으로 내려가서 현무를 처리해라. 물론 너희 때문에 토너먼트 탈락한 애들도 챙겨가고.”

백무환이 고민할 동안 우주는 지시를 내렸다.

마치 이렇게 될 줄 예상했다는 듯 팀을 짜서 각 지역으로 차출하는 우주를 백무환은 신기하게 바라봤다.

“자, 그럼 움직여볼까.”

토너먼트로 몸도 풀었겠다. 우주는 본격적으로 사냥을 시작할 예정이었다.

토너먼트를 통해 확인한 실력정도면 팀을 이루면 충분히

사대신수를 사냥 할 수 있다고 우주는 생각했다.

* **

사대신수는 동, 서, 남, 북에 자연재해를 일으켰다.

일부러 자연재해를 일으키려는 의도는 없었다.

다만 사대신수 자체의 기운이 너무 강해서 자연의 기운이 스스로 강해졌을 뿐이었다.

사대신수도 이런 일이 벌어질 줄은 몰랐다.

다른 누구보다 당황한 것이 바로 사대신수였다.

재빨리 자연의 기운을 조정해서 피해를 최소화시키긴 했지만 이미 터져버린 자연재해를 막을 방도는 없었다.

한편 이 사실을 모르고 우주는 네팀으로 나눠서 초이스들을 파견한 상태였다. 서른명을 네팀으로 나누면 적어도 한팀 당 7명이 정원이었다.

먼저 북쪽, 주작이 있는 곳으로 예상되는 곳은 서울보다 조금 위에 있는 추가령 화산이었다.

분출구를 통해서 용암이 쏟아져 나오다 멈추기는 했는데, 공기 중에 화산재가 날아다니고 현재 추가령 근처는 숨도 못 쉴 지경이라고 전해졌다.

이설화와 강태풍은 도움이 될 수 있는 초이스들을 데리고 추가령으로 향했다.

"주작. 우리들끼리 상대할 수 있을까요?"
"내 말만 잘 따라 준다면 가능해."
강태풍은 이설화를 제외하고 팀원을 더 뽑았다.
팀원을 뽑은 강태풍은 파티를 새로 생성시켜서 팀원들끼리 파티를 맺었다. 조시한과 이하늘, 조민기와 석창호를 뽑고 안전을 위해서 사제인 채민아를 데려왔다.
채민아는 우주의 팀을 제외한 세곳에서 모두 데려가고 싶어 했다. 네곳 모두 위험했지만 화기가 가장 위험하다고 판단한 채민아가 스스로 강태풍의 팀을 선택해서 같이 올 수 있었다.
이동은 차로하고 있었다. 어차피 서울근교였기 때문이다. 이동하기 쉽도록 차 두대로 나눠 탄 주작팀은 빠른 속도로 추가령으로 향하고 있었다.
운전은 강태풍과 이하늘이 맡았다.
강태풍은 쉬지않고 떠들어대는 채민아와 이설화의 수다를 들으면서 계획을 짜기 시작했다.
생각보다 빨리 추가령에 도착한 주작팀은 창밖을 뒤덮은 화산재를 보고 차에서 내리고 싶은 마음이 싹 사라졌다. 하지만 주작을 찾아서 쓰러뜨려야 했기 때문에 차에서 내려야만 했다.
"괜찮겠어?"
이설화가 내릴 재비를 하자 강태풍이 물었다. 여기까지

오면서 강태풍은 각자에게 임무를 하달했다. 그 중에서도 이설화에게는 가장 중요한 임무를 맡겼다.

"나밖에 못하는 일이잖아요? 걱정 마세요. 초이스 상급 팀 최고의 책략가가 지시하신 일인데, 완벽하게 처리하도록 하겠습니다!"

"시간만 잘 맞추면 되니까 너무 무리하지는 말고."

"걱정 마세요. 호위도 둘이나 있잖아요."

옆에 서 있던 차에서 조민기와 석창호가 내리는 것을 본 강태풍이 고개를 끄덕였다.

"그래, 믿는다."

"다녀오겠습니다!!"

이설화가 강태풍이 타고 있던 차에서 내려서 석창호와 조민기와 합류했다.

"저희는 그럼 이제 어디로 가는 건가요?"

"반대편으로 가야지. 우리도 미리 가서 준비할게 많아."

강태풍이 먼저 차를 출발시키자, 이하늘이 강태풍의 뒤를 따랐다.

한편, 추가령 화산 분화구 안에서 주작은 휴식을 취하고 있었다. 뜻하지 않게 화산을 폭파시키긴 했지만 덕분에 따뜻한 용암에서 푸욱 휴식을 취하고 있는 중이었다.

백무환에게 묶여 있을 때 주작은 항상 이런 자유로운 생활을 꿈꿨다. 아니, 주작뿐만 아니라 사대신수 모두 이런 생활을 꿈꿔왔을 것이다.

꿈틀.

편안히 휴식을 취하던 주작은 그의 신경을 거스르는 기운을 느끼고 감았던 눈을 떴다.

주작과 상극이 되는 기운. 차가운 기운이 추가령 화산의 한쪽에서 피어나고 있었다.

추가령 화산은 지금 용암이 분출되면서 주변이 뜨거울 정도로 열기가 넘쳐나는 곳이었다. 그리고 주작은 이런 화끈한 열기를 좋아했다. 그런데 차가운 기운이 느껴지자, 주작은 짜증이 났다.

날개를 퍼덕이면서 분화구 위로 솟아오른 주작이 차가운 기운이 느껴지는 곳으로 이동했다.

자신을 귀찮게 만든 녀석을 가만두지 않을 생각이었다.

강태풍이 지시한대로 이설화는 추가령 화산 근처를 얼리기 시작했다. 주작은 차가운 기운을 싫어할 거라는 강태풍의 말이 맞았다. 얼마 지나지 않아 하늘에서 주작이 날아오는 것이 보였기 때문이다.

[사대신수, 주작이 모습을 드러냈습니다.]

—북쪽을 수호하는 신수 주작이 적의를 표출하고 있습니다.

— 불의 신수, 주작을 쓰러뜨리라(0/1)

—보상 : 화정, 주작의 랜덤 보상

[수락하시겠습니까? (Y/N)]

이설화는 주작을 보는 순간 뜬 퀘스트 창을 보고 재빨리 수락버튼을 눌렀다. 그리고 석창호와 조민기에게 지시를 내렸다. 석창호와 조민기의 주변에는 이설화가 미리 만들어 놓은 투창들이 잔뜩 있었다.

"투창!"

기를 머금은 얼음 창들이 하늘로 쏘아지기 시작했다.

어떤 놈들이 차가운 기운을 뿌려대는지 혼내줄 생각에 방심한 채로 다가오던 주작은 갑자기 지상에서 쏘아지는 얼음 창을 보자마자 날개에서 불을 뿜었다.

강력한 열기를 내뿜어 얼음 창을 녹여버릴 생각이었다.

하지만 이상하게도 얼음으로 만들어진 창은 주작이 내뿜은 열기에 녹지 않고 날개를 뚫을 기세로 날아들었다.

주작은 잠시 당황했지만 익숙하게 날개를 휘둘러 직접적으로 투창을 날려버렸다.

"어떤 놈이냐!!"

투창을 날려버렸지만 주작은 계속해서 공중에서 몸을 이리저리 피할 수밖에 없었다. 5초 간격으로 지상에서 계속해서 투창들이 쏘아지고 있었다.

주작은 짜증이 났는지 더 이상 투창을 상대하지 않고 투창을 던지고 있는 놈들을 향해 파이어 플랩을 시전했다. 파이어 플랩을 시전하자 불타는 주작의 날개에서 불덩이들이 떨어져 나가면서 열풍파가 쏘아졌다.

이설화와 석창호, 조민기는 몸을 빼내면서 투창을 던지기 시작했다. 이런 식으로 강태풍이 있는 곳까지 이동하면 미션 클리어였다.

이설화의 위치는 분화구에서 얼마 떨어지지 않은 곳이었다. 이렇게 주작의 시선을 끌며 강태풍과 다른 초이스들이 분화구 쪽으로 접근해서 일련의 준비를 한다.

그리고 시간을 끌던 이설화와 석창호, 조민기가 수세에 몰리는 척 분화구 쪽으로 이동하여 분화구에서 주작을 쓰러뜨릴 작전을 시행한다. 작전의 성패는 이설화가 시간을 끌어줄 수 있느냐에 달려 있었다. 이설화는 강태풍이 내린 이 명령을 어떻게든 수행해야만 했다.

보조하라고 창을 다루는 초이스를 두명이나 붙여주었다. 이설화는 날아온 주작의 열풍파를 일일이 얼려버리면서 계속 도망치기 시작했다.

"지금이다."

강태풍과 이하늘, 조시한과 채민아가 주작의 시선이 끌린 틈을 타서 분화구 쪽으로 달려갔다. 강태풍의 작전은 간단했다. 주작의 둥지를 튼 이곳을 무덤으로 만들어버릴 생각이었다.

예전 같았으면 인간이 자연을 훼손시키는 것은 불법이었다. 그렇지만 지금은 인간들에게 조금이라도 피해가 된다면 지형을 어떻게 바꾸던지 상관이 없었다.

화산을 원초적으로 봉쇄시켜버리면 더 이상 폭발이 일어나지 않을 것이다. 이미 화산폭발로 인해서 근처 주민들은 지금도 피해를 입고 있었다.

분화구를 막아버리면 분명 좋아할 것이다. 강태풍이 미리 준비해온 것은 바로 백무환이 전해준 수소폭탄이었다.

폭발의 초이스의 능력으로 만들어낸 수소폭탄을 백무환이 각 팀에 몇개씩 나눠준 덕분에 분화구를 무너뜨릴 생각을 할 수 있었다.

이설화의 임무가 하나 더 있었는데 분화구 전체를 한 바퀴 돌면서 지반을 약하게 만드는 것이다. 분화구가 폭발하는 순간, 분화구 쪽으로 모든 것이 쏟아지도록 만들어야 했다.

"점점 따라잡히고 있습니다."

조민기가 말했다. 이설화라고 모르는 것은 아니었다. 그렇지만 지반을 약하게 하랴, 석창호와 조민기에게 창을 만들어주랴, 동시다발적으로 일을 처리하고 있으니 속도가 느려지는 것은 어쩔 수 없었다.

"다 따라잡히면, 둘이서 시간을 얼마나 끌 수 있을까

요?"
"10분도? 간당간당하다."
석창호의 말에 이설화가 고개를 끄덕였다. 10분이면 분화구의 남은 지반을 약하게 하는 것 정도는 가능할 것 같았다. 다만 걱정되는 것은 지금까지 얼려두었던 얼음들을 주작이 녹일 수도 있다는 사실이었다.
강태풍은 녹는 것은 신경 쓰지 말라고 했지만 그래도 걱정이 되는 건 어쩔 수 없었다.
"이설화. 다른 건 생각하지 말고 임무만 생각해라."
석창호는 머릿속이 복잡해 보이는 이설화의 정신을 잡아주기 위해서 그녀의 이름을 불렀다.
교육생들을 바로 잡아 주는 것이 교관의 역할이었다.
석창호의 말에 이설화가 고개를 끄덕였다.
"알겠습니다."
"다 따라잡혔습니다!"
조민기가 외쳤다.
상공을 바라보니 주작이 정말 바로 위에 있었다.
"부탁드립니다!!"
석창호와 조민기에게 뒤를 맡긴 이설화가 폭발적인 스피드로 달려 나가기 시작했다.
그녀가 지나가는 발밑 지반이 차갑게 얼어붙고 있었다.
"감히……!!"

주작은 이설화가 빠져나가려는 것을 보고 그녀가 달리는 방향에 불기둥을 솟아나게 하려 했다. 만약 지상에서 무언가 날아오지 않았더라면 불기둥으로 이설화를 태워버렸을 것이다.

쿠오오!!

"용……?"

용 모양 강기가 쏘아져 올라온 것을 본 주작은 더 이상 이설화를 신경 쓰지 않고 밑을 바라보았다. 지상에서는 두명의 창지기가 똑같이 생긴 창을 들고 있었다.

우주에게 받은 드래곤 슬레이어가 사용했던 창을 꺼내든 것이다. 다만 전과 다른 점은 예전에는 이 창을 서로 따로따로 사용했다. 하지만 지금은 같은 창으로 같은 기술을 쓴다는 점이 전과 달랐다.

혼자서는 쓸 수 없는 기술도 둘이 힘을 합치면 사용할 수 있었다. 그게 가능한 것은 서로 같은 창을 들고 있기 때문이다. 창에 내장된 스킬을 혼자서는 사용할 수 없었지만 둘이서는 가능했기 때문이다.

"쌍용창이랑 맞짱 한번 까보자고, 새 대가리야."

위의 상황이 어떤지 모른 채로 강태풍은 분화구 안을 한 바퀴 돌면서 수소폭탄을 설치했다.

폭발력은 백무환이 인정할 정도였다. 충분히 화산을 날려버릴 수 있는 양이었다.

"그런데요. 만약 수소폭탄이 터지면서 이곳에 있던 용암도 같이 터져버리면 어떻게 하죠?"

채민아가 일행들에게 시원한 바람을 불어주는 주문을 영창하면서 물었다. 강태풍이 수소폭탄 하나를 심고 나서 채민아의 말에 대답했다.

"만약 내가 지시한대로 한치의 오차도 없이 일을 수행할 수 있다면 이 용암도 같이 이곳에 묻힐 거다. 하지만 오차가 생긴다면……."

뒷말은 꺼내지 않았다.

용암을 상대하고 싶은 생각은 없었다.

"그나저나 이제 약속한 시간이 다 되어 가는데……."

폭탄을 터뜨리기 위해서 이설화가 신호를 주기로 했다.

지반이 완전히 약해진 상태여야지만 확실하게 추가령 화산을 묻어버릴 수 있었기 때문이다.

"저기, 하늘에 주작 말고 다른 게 날아다니는데요?"

이하늘의 목소리에 모두가 하늘을 바라보았다. 그게 석창호와 조민기의 필살기인 쌍용창이라는 것을 미리 알고 있던 강태풍이 표정을 굳혔다. 저걸 썼다는 것은 이설화가 개별적으로 움직이고 있다는 말이었다.

"전부 약속장소로 이동한다."

석창호와 조민기는 얼마 버티지 못할 것이다.

그전에 주자을 분화구로 유인해야만 했다.

"헉, 헉."

분화구 전체를 얼려버리기 위해서 무리를 했다.

조금이라도 빨리 임무를 완수해야만 석창호와 조민기가 안전할 수 있다는 부담감 때문이었는지, 이설화는 강태풍이 계산한 시간보다 조금 빨리 약속장소에 도착했다.

약속된 장소에 강태풍이 아직 보이지 않자 이설화는 숨을 고르면서 다음 작전을 떠올렸다.

"다음은 빙룡이었지……."

강태풍 덕분에 이설화는 얼음의 초이스 능력을 조금 더 다양하게 사용할 수 있게 되었다. 분화구에서 강태풍이 올라온 것을 본 이설화가 한손을 들고 주작을 가리켰다. 강태풍도 이설화를 보고 고개를 끄덕여 주었다.

다시 한번 폭발적인 스피드로 쏘아져 나가는 이설화를 보고 강태풍도 폭탄을 터뜨릴 준비를 했다.

펑! 퍼펑!!

주작이 날린 화염구가 땅에 닿자 땅이 녹아버리는 것을 본 석창호와 조민기가 잔뜩 긴장한 채로 창을 휘둘렀다. 단 한번이라도 저 공격에 닿으면 몸의 일부분이 녹아 없어질 것이 분명했다.

"시간이 얼마나 지났지?"

"곧 10분 째 입니다!!"

조민기의 대답에 석창호가 쌍용창의 스킬을 시전하려는

자세를 취했다. 조민기도 석창호를 따라했다.

이설화가 제때 오면 성공하는 거고 그렇지 않으면 작전은 실패였다.

"간다."

"넵!"

"창룡 소환!!"

10분 동안이나 석창호와 조민기에게 붙잡혀 있었던 주작이 분노했다. 전신이 화염으로 뒤덮인 주작이 회오리처럼 몸을 돌리면서 토네이도를 만들어냈다.

"마그마 토네이도!!"

석창호와 조민기가 쏘아 보낸 창룡과 주작의 마그마 토네이도가 부딪혔다.

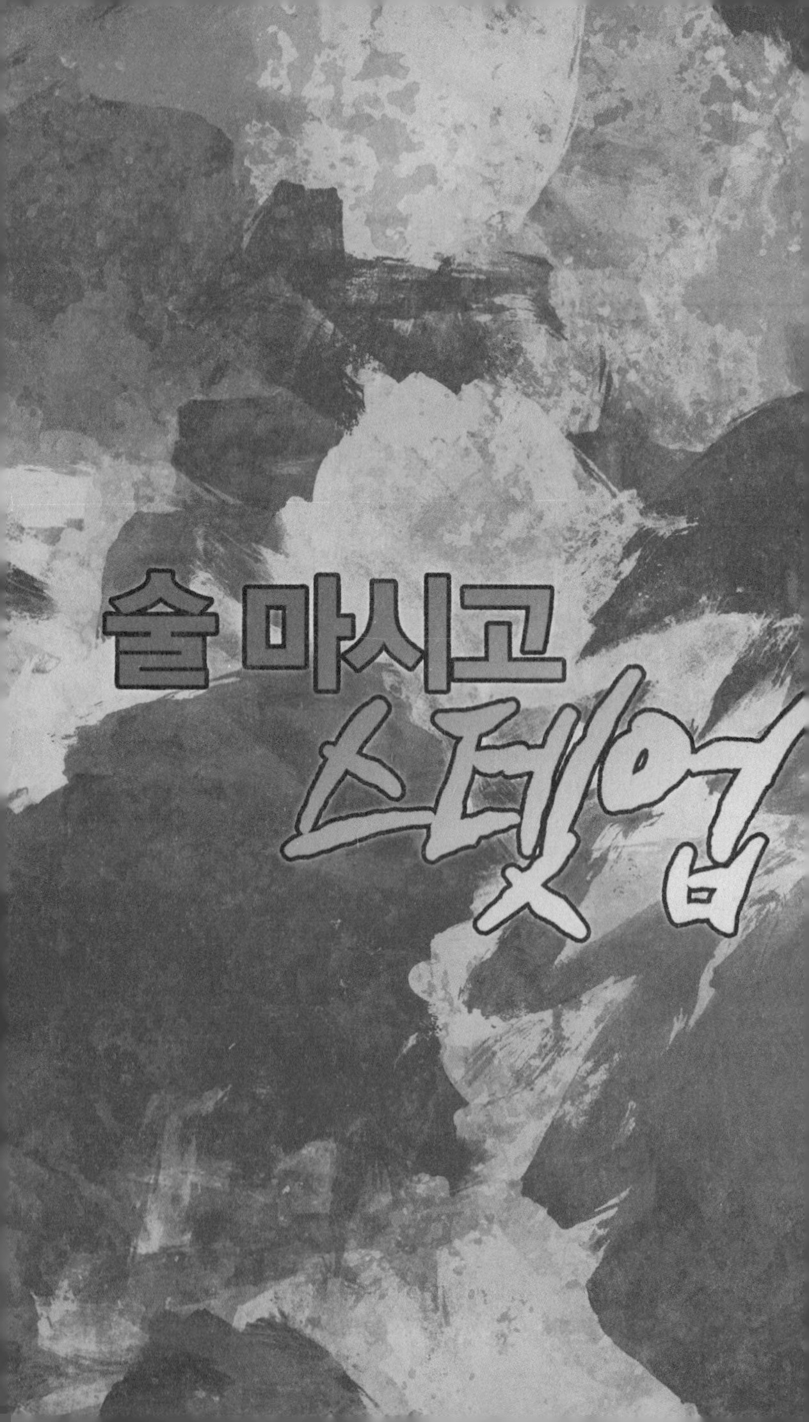

술 마시고
스텝업

사대신수와의 전투

창룡은 마그마 토네이도를 이기지 못했다. 석창호와 조민기의 호흡이 맞지 않아서 생긴 일이었다.

이대로 주작에게 당하나 싶은 순간, 한마리의 빙룡이 주작을 분화구 쪽으로 밀쳤다.

이설화였다. 잔뜩 지쳐 보이는 모습이었지만 제 시간에 분화구로 주작을 날려버릴 수 있었다. 강태풍이 알려준 얼음 능력의 새로운 사용법, 얼음 공예였다.

물론 사라지려는 창룡 위에 얼음을 덧씌워서 빙룡으로 만들었을 뿐이었다. 하지만 위력은 배가 되었다.

주작은 빙룡에게 얻어맞고 튕겨나간 것이 수치스러운 모

양이었다. 붉은색이던 화염이 보라색으로 변했다가 하얀색으로 변하기 시작했다.

"터뜨려버려요!!"

주작을 분화구에 넣어버리진 못 했지만 분화구 위쪽에 있긴 했다. 강태풍은 오차가 발생한 것을 보고 주먹을 쥐었다. 만약 지금 추가령 화산을 폭파시키고 주작이랑 맞붙게 되면 이기더라도 엄청난 피해를 감수해야만 했다.

강태풍이 고민하는 모습을 보이자, 상황을 깨달은 이하늘이 검을 들었다. 그가 꺼내든 검 역시, 드래곤 슬레이어가 사용했던 검이었다.

"용검 착검."

강태풍은 뒤에서 들리는 목소리에 뒤를 돌았다.

이하늘이 전신에 드래곤 슬레이어의 무구를 착용하고 검을 꺼내드는 모습을 보자, 주작을 완벽하게 처단할 수 있는 방법이 머릿속에 떠올랐다.

하지만.

"안 돼!!"

"회장님에게 안부전해 주십쇼. 고마웠다고. 덕분에 제대로 대우받은 것 같다고 전해주십쇼."

"조시한 막아!!"

소드 초이스, 이하늘은 전신의 힘을 모두 쥐어짜는 것으로 하루에 한번, 검의 힘을 극대화 시킬 수 있었다.

그리고 이하늘의 검은 석창호와 조민기의 쌍용창처럼 용의 힘을 담고 있었다.

"검룡 소환."

강태풍과 조시한이 막기 전에 날아오른 이하늘이 용으로 변했다. 하얀색 화염을 뿜어내려던 주작은 밑에서 달려드는 푸른 용에게 물려 분화구로 끌려 들어갔다.

"젠자앙!!"

그 모습을 본 강태풍이 수소폭탄을 터뜨리는 스위치를 눌렀다.

삑.

펑! 퍼엉! 콰르릉!!

분화구가 터져나가면서 주작과 이하늘이 떨어진 분화구로 매몰되기 시작했다. 강태풍은 욕을 내뱉으면서 이설화가 미리 만들어놓은 얼음 탈출로를 이용해서 차가 있는 곳까지 미끄러져 내려가기 시작했다.

예측한대로 주작은 분화구 속으로 떨어졌다.

이하늘의 희생이 있었기에 가능한 일이었다.

추가령 화산의 밑에 세워 둔 자동차를 무사히 탄 초이스들은 조용히 차를 타고 추가령 화산에서 멀어지기 시작했다.

"이상해요."

"이상하지. 이하늘은 그렇게 쉽게 죽을 녀석이 아니었는데!!"
"아니, 그게 아니라요. 왜 메시지가 안 뜨죠?"
이하늘의 희생 때문에 침통하던 분위기를 깬 것은 이설화였다. 분명 주작을 봤을 때, 퀘스트를 받았다.
그리고 주작을 쓰러뜨렸으면 주작을 쓰러뜨렸다는 메시지가 떠야만 했다.
"설마……."
끼이익.
차를 급하게 돌린 강태풍이 다시 추가령 화산으로 올라가기 시작했다. 강태풍이 갑작스럽게 움직였지만 이하늘을 대신해서 운전을 맡은 석창호는 강태풍을 뒤따랐다.
"우린 정말 멍청했어."
이하늘의 희생에 충격을 받아서 제 정신을 차릴 수가 없었다. 그래서 아주 기본적인 것을 잊고 있었다.
그들은 현재 파티로 맺어져 있는 상태였다.
여타 게임처럼 파티원의 상태도 확인하고자 마음만 먹으면 확인할 수 있었다.
이하늘의 상태 역시 확인할 수 있었다. 주작이 아직 쓰러지지 않았다는 말은 이하늘 역시 아직 분화구 안에서 싸우고 있을 수도 있다는 말이었다. 운전 중에 재빨리 파티원의 상태를 확인한 강태풍은 아직 이하늘이 죽지 않았다는 것을 깨닫고 재빨리 차를 돌린 것이다.

"저쪽 차에 전화해."

"네."

"교관님. 지금부터 제 말 잘 들어주세요. 이하늘 교관님, 구출 작전 시작하도록 하겠습니다."

* * *

"다른 팀은 잘하고 있으려나……."

신우환의 중얼거림에 최진수가 말했다.

"다른 팀은 어련히 알아서 잘할 테니, 우리나 신경 쓰자."

청룡을 잡으라고 보내놨는데, 다른 팀보다 전력이 좀 부족한 감이 있었다. 동쪽으로 이동하는 청룡팀은 신우환과 최진수를 필두로 신지수, 강용기, 황보군, 임철진 그리고 강철민이었다.

청룡팀이 가고 있는 곳은 동해에 위치한 울릉도였다.

울릉도와 동해 바다만 집중적으로 호우가 쏟아지고 있었다. 번개도 동반하는 것을 보면 구름의 신수인 청룡이 꽤나 화가 나 있는 상태인 것 같았다.

"회장님에게 청룡이 깨졌다고 했으니, 청룡은 지금 완전 분노상태일걸?"

강용기의 말에 창밖을 바라보던 신지수가 조수석을 바라

보고 대답했다.

"저희 작전은 어떻게 되나요?"

조수석에 타고 있던 최진수가 팀원들을 바라봤다.

주작팀은 강태풍이 백호팀은 우주가 현무팀은 권창우, 남궁민 등 팀장급이 많이 있었다. 청룡팀만 팀장급이 없었다. 그래서 최진수가 팀장을 맡게 되었다.

우주는 최진수의 역량이면 충분히 청룡을 제압할 수 있을 거라고 생각하고 결정한 것이다.

그러나 다른 초이스들이 보기에는 밸런스 붕괴였다.

최진수는 청룡을 잡을 수 있는 키포인트가 강철민에게 있다고 생각했다. 강철민이 쓰는 진법을 잘만 활용하면 청룡 또한 구속할 수 있지 않을까 생각했다.

그래서 강철민에게 슬며시 운을 띄워보기는 했는데, 청룡을 잡으려면 어지간한 마석으로는 소용이 없을 거라고 했다. 우주는 강철민에게 세개의 광석을 던져주었다.

[붉은색 광석 (유니크)]
—원인 모를 힘이 담겨있는 붉은 광석이다.

[푸른색 광석 (유니크)]
—원인 모를 힘이 담겨있는 푸른 광석이다.

[회색 광석(유니크)]
—원인 모를 힘이 담겨있는 회색 광석이다.

아직 써 보지 않았지만 유니크급 광석은 드물 것이라며 사용가능한 사람이 쓰는 게 좋다고 했다. 혹시 모를 위험에 대비하라고 준 것 같았다.

강철민이 황보군을 제압할 때 썼던 진법은 최하급 마석을 이용해서 펼친 진법이었다.

이 세가지의 광석은 마석이 분명했다. 정확히 어떤 힘이 담겨있는지는 알 수 없었지만, 이 광석들이라면 충분히 청룡을 제압할만한 진법을 펼칠 수 있을 것 같았다.

사실 최진수가 기대하는 것도 우주가 던져준 광석이 보여줄 진법이었다. 물론 진법만 믿고 있는 것은 아니었다. 청룡을 움직일 수 없게 제압할 수 있는 수단만 있다면 최진수는 그가 알고 있는 최강의 공격 마법으로 청룡을 쓰러뜨릴 자신이 있었다.

거기다 신우환도 준비시키고 있었다.

아주 잠깐만 청룡의 움직임을 멈추면 된다. 영창을 할 수 있는 시간만 벌어주면 청룡을 확실히 쓰러뜨릴 수 있었다. 신우환의 비도술이 조금만 더 발전하면 가능할 수도 있었다. 하지만 이런 상황에 대해서 최진수는 팀원들에게 알려줄 수가 없었다.

가장 먼저 강철민의 진법은 성공할지 미지수인 진법이었고, 신우환의 비도술 역시 조금 더 발전해야 된다는 전제가 붙었다.

거기다 최진수의 공격 마법 역시 청룡을 잠시 동안 붙잡아 놓아야 가능한 마법이었다. 결국 전부 가정에 불과했기 때문이다. 팀원들에게 불확실한 방법을 알려주는 것은 불안을 야기하는 일이었다.

자신감을 가지고 달려들어도 모자랄 판에, 불안한 마음으로 청룡과 마주하게 되면 팀원들이 기세에서 밀릴 수 있다고 생각했다. 최진수는 그것을 바라지 않았다.

그리고 아직 팀원들이 모르는 비장의 한 수가 있긴 했다. 이건 아직 밝히지 않는 것이 좋겠다고 생각하고 최진수는 간단하게 방법에 대해서 설명을 시작했다.

"마지막 피니쉬는 내 공격 마법이 될 거야. 회장님도 어렴풋하게 그걸 알고 계셔서 날 팀장으로 뽑은 것 같아. 하지만 내 공격마법이 완벽하게 성공하려면 청룡을 누군가가 확실히 움직이지 못하도록 구속을 해야 해. 그 방법을 지금 생각 중이야."

"청룡은 하늘에 떠 있겠지?"

황보군과 임철민이 동시에 최진수를 보며 물었다.

설마 이 두 콤비 청룡을 힘으로 잡아둘 생각을 하고 있는 건가 싶어서 최진수가 대답했다.

"그렇겠지. 구름의 신수라고 백무환이 알려주었으니까."

"혹시 청룡을 하늘에서 끌어내릴 수 있는 방법은 없을까?"

"너희 지금 한명씩 청룡을 잡고 힘으로 청룡을 구속할 생각을 하고 있는 건 아니지?"

정곡을 찔렸는지, 황보군이 머쓱한 표정으로 고개를 돌렸다.

"방법이 없을까요?"

한숨을 쉬는 최진수와 달리 신지수는 일단 청룡을 지상으로 끌어내리는 것에 대해서는 찬성표를 던지는 듯 했다.

"없진 않을걸. 중력 마법도 있긴 하니까."

"피니쉬를 최팀장님이 하는 것이 아니라, 최팀장님이 청룡을 끌어내리고 저희가 피니쉬를 먹이는 건 어떨까요?"

신지수의 발언에 최진수가 그것도 나쁘지 않은 방법이라고 생각했다.

팀장이라고 너무 막타에 얽매여 있던 것 같았다.

"내가 중력마법으로 붙잡아 놓고 너희 전부가 합동공격을 하면?"

"승산이 있을 것 같긴 하네요."

그들에게 지급된 드래곤 슬레이어의 장비와 무구라면 충분히 가능할 것 같았다. 계획을 세우는 동안 일행들은 어느새 동해 바다에 도착해 있었다.

"비가 억수로 쏟아지네요."

한치 앞을 볼 수 없을 정도로 비가 쏟아져 내렸다.

차를 계속 타고 가다가는 사고가 날 것 같았기 때문에 신우환이 차를 멈춰 세웠다. 주작팀과 다르게 청룡팀은 스타렉스를 타고 모두 한 차로 이동했다.

"어떻게 할까요?"

"일단 모두 여기 있어."

정찰은 최진수의 몫이었다. 조수석 문을 열고 내렸지만 최진수의 몸에는 빗방울이 한 방울도 닿지 못했다. 실드로 전신을 감싸고 있었기 때문이다.

플라이 마법을 통해 공중에 몸을 띄운 최진수는 탐색 마법으로 청룡이 있을 만한 곳을 탐색하기 시작했다.

마나를 퍼트려서 탐색을 시작했지만 걸리는 것이 없었다. 청룡의 기운이라면 금방 파악할 수 있어야 하는데도 탐지가 되지 않았다. 근처에는 청룡이 없다는 말이었다.

"…배를 빌려야 하는 건가?"

배를 타고 나갔을 때, 청룡을 마주쳐도 골치 아픈 일이 생길 것이 분명했다.

배가 뒤집히기라도 하면 전원 사망이었다.

"매스 텔레포트를 사용 가능하긴 한데……."

7명이나 텔레포트 시키려면 마나가 꽤 많이 필요했다.

모두를 살릴 수는 있었지만 청룡을 쓰러뜨릴 수는 없었다. 바다에 나간 의미가 없어지는 것이다. 다시 스타렉스로 돌아온 최진수가 모두에게 의견을 물었다.

"위로 올라가서 탐색 마법을 펼쳐봤는데, 꽤 넓은 범위에 마나를 퍼뜨렸음에도 청룡을 찾을 수는 없었어. 그렇다면 울릉도 쪽으로 이동을 해야 된다는 말인데, 배를 통해서 이동하자니 리스크가 너무 크고, 비행기 역시 마찬가지라고 생각해. 어떻게 하는 것이 좋을지 모두의 의견을 들어보고 싶어."

최진수의 말에 모두 심각하게 고민하기 시작했다.

청룡을 잡으려면 울릉도에 가야만했다. 어떤 방법으로 가도 위험하긴 마찬가지였다.

"바다 위에서 죽진 않겠죠?"

"도망은 칠 수 있어. 대신 그러면 청룡을 쓰러뜨릴 수 없지."

신지수의 물음에 최진수가 대답했다.

"한번 쓴 마나를 회복하는 데는 얼마나 걸릴까요?"

"미리 준비만 해놓으면 1시간 정도?"

"아! 그럼 간단하네요!"

그녀의 말에 모두가 신지수를 바라봤다. 시선이 부담되는지, 신지수가 헛기침을 하며 대답했다.

"울릉도로 다 같이 텔레포트 하면 되는 거 아니에요?"

뭘 그렇게 어렵게 생각 하냐면서 신지수가 핀잔을 주자 최진수가 반박했다.

"텔레포트는 가본 곳만 이동할 수 있어."

"팀장님 혼자 가면 되잖아요!"

"그런 좋은 방법이!!"

최진수도 신지수의 말에 충격을 먹은 표정이었다. 사실 생각해보면 간단한 문제였다. 최진수 혼자서 울릉도까지 가는 건 어렵지 않았다. 그리고 다시 돌아오는 것도 텔레포트로 금방 가능했다.

그렇게 모두를 울릉도로 옮겨놓고 1시간만 쉬면 아무런 피해 없이 울릉도로 갈 수 있었다.

유일한 홍일점인 신지수가 생각보다 많은 도움이 되고 있었다. 최진수는 신지수에게 고맙다고 인사를 했다.

"그럼 모두 여기서 조금만 기다려 줘."

곧 그는 비를 뚫고 날아서 울릉도로 향했다.

이동하면서 계속해서 탐지 마법을 사용하고 있었지만 청룡은 잡히지 않았다. 그렇게 비를 뚫고 울릉도에 도착한 최진수는 바로 텔레포트를 사용했다.

"깜짝이야!!"

미리 신우환에게 조수석을 비워두라고 얘기를 해둬서 최진수는 스타렉스 조수석으로 바로 텔레포트 할 수 있었다.

"빨리 다녀오셨네요?"

스타렉스의 뒷자리에서 팔자 좋게 카드게임을 하고 있는 팀원들을 보고 최진수가 한숨을 쉬었다.

"가자, 울릉도로. 매스 텔레포트."

[사대신수, 청룡이 서식하는 울릉도에 도착했습니다.]

—동쪽을 수호하는 구름의 신수 청룡을 쓰러뜨려라 (0/1)

—보상 : 운정, 청룡의 랜덤보상

[수락하시겠습니까? (Y/N)]

최진수가 팀원들을 데리고 울릉도에 도착하자마자 시스템이 퀘스트를 알려왔다. 혼자서 울릉도에 도착했을 때는 뜨지 않았던 퀘스트가 왜 지금 뜨는 것인지 의아했지만 일단 수락을 눌렀다.

스타렉스를 통째로 텔레포트 시킨 최진수가 먼저 차에서 내렸다. 혹시 모를 위험에 대비해서 일루젼으로 스타렉스를 숨기기 위해서였다.

"청룡은 어디에 있죠?"

창문을 열고 신지수가 묻자 최진수가 손가락으로 하늘을 가리켰다. 청룡은 울릉도 하늘에 떠 있는 구름에 있었다. 탐지마법이 구름 위쪽을 가리기고 있었다.

"데리고 내려오겠다. 그전까지 싸울만한 자리 잡아 놔. 강철민은 가능하면 진법, 설치해두고."

"알겠습니다."

"그전에 이 망할 비부터 그치게 할 수는 없을까?"

임철진의 말에 최진수는 노력해보겠다고 말하고 서서히 떠올랐다. 공중 부양 마법 레비테이션이었다.

"자. 그럼 어떻게 저 녀석을 끌어내릴까."

점점 구름이 가까워지자 최진수가 영창을 하기 시작했다. 임철진의 말처럼 한치 앞도 보기 어렵게 만드는 이 비부터 걷어내는 게 좋을 것 같았다.

"구름의 신수, 청룡이 인위적으로 생성시키는 비와 바람이여. 나, 최진수의 부름에 응답하라. 자연을 위협하는 청룡에게 복수를! 템페스트(Tempest)."

지상을 향해 쏟아지던 비와 바람이 최진수를 중심으로 돌기 시작했다. 역 토네이도와 폭풍우가 구름 위를 향해서 치솟았다.

"누가 감히 나를 건드리는가!!"

구름이 흩어지면서 청룡이 모습을 드러냈다. 동시에 비와 바람이 그쳤다. 목표한 바를 이룬 최진수는 청룡을 올려다보면서 말했다.

"안녕?"

"인간……?"

지상으로 청룡을 끌어내려야 했지만 어느 정도 준비할 시간을 주긴 해야 했다. 이 시간은 최진수가 궁금증을 해결하는 시간이기도 했다.

"하나만 묻자, 너희 사대신수라는 것들은 왜 자연재해를 일으키는 거냐?"

"자연재해? 비 말이냐?"

"그래. 폭우, 화산폭발, 해일, 지진."

같은 자연재해도 아니고 종류별로 일으키는 것을 보면 분명 인간에게 원한이 있는 것이 분명하다고 생각될 정도였다.

"우리의 기운에 반응한 것 뿐. 우리가 일부러 자연재해를 일으킨 것은 아니다."

"헐."

궁금증을 해결하기는 했으나, 결론적으로 사대신수는 아무런 죄가 없다는 사실을 깨달은 최진수가 난처한 기색으로 청룡을 바라봤다.

"쩝… 미안한 일이지만, 너희가 나타난 것 자체가 우리 인간에겐 위협인가 보다."

청룡은 최진수가 적의를 가지고 있다는 것을 깨닫고 선공을 취하기로 했다. 청룡이 비늘을 쏘아내자 최진수는 실드를 펼쳐놓고 중력 마법을 사용했다.

"그래비티 홀(Gravity holl)."

그래비티 홀을 사용하자, 최진수와 청룡이 중력의 영향을 받아서 지상으로 떨어져 내리기 시작했다. 지금쯤이면 밑에서 준비가 끝났을 시간이었다.

비가 그치고 급속도로 떨어지는 청룡을 최진수는 강철민이 있는 쪽으로 인도할 생각이었다.

청룡은 최진수가 무슨 짓을 하려는지 지켜보려고 일단 지상으로 내려오고 있었다. 지상에 최진수의 동료들이 있다는 것을 깨달은 청룡이 그래비티 홀을 캔슬시켰다.

갑자기 내려오는 속도가 줄자, 최진수는 청룡이 마법을 캔슬시켰음을 깨달았다.

"너… 마법저항력이 있는데 당해준거냐?"

"무슨 짓을 벌이려고 하는지는 모르겠지만 나에게는 통하지 않는다."

우주에게 한번 된통 당한 청룡은 인간에게 경계심을 가지고 있었다. 그럼에도 불구하고 신수로서의 자존심이 인간과 정면대결을 부추겼다.

그때, 청룡에게 사방에서 비도가 날아들었다. 사방에서 날아든 비도에는 팽팽한 낚싯줄이 메어져 있었다.

비도에 달려 있는 낚싯줄이 청룡을 휘감자 청룡의 전신에서 푸른 기운이 번뜩였다.

푸른 기운이 낚싯줄을 끊어버렸다.

신우환은 비도에 달아놓은 낚싯줄이 끊기자 강철민을 바

라봤다. 비도는 사실 미끼였다.
강철민이 설치해둔 것이 진짜였다.
"진법, 개방."
비도가 힘없이 떨어지는 것을 본 강철민이 붉고 푸른 잿빛을 하늘로 쏘아 올렸다. 청룡은 딱 진의 중앙에 있었기 때문에 진법의 영향을 받을 수밖에 없었다.
"아, 아니. 이건!!"
강철민의 진법이 효과를 발휘하는 것 같자 최진수는 바로 영창을 시도했다.
"폭우로 인한 자연재해를 발생시킨 청룡을 단죄하기 위해서 나, 최진수가 하늘을 대신해 동쪽의 기운을 담아서 천벌을 내리겠다. 퓨리 오브 더 헤븐(Fury Of The Heaven)!!"
이 마법이 바로 최진수가 자랑하는 최진수 최강의 공격 마법이었다. 하늘에서 한줄기 번개가 떨어져 내렸다.
청룡은 하늘에서 번개가 떨어지자 고개를 들어서 하늘을 바라보았다. 번개는 정확히 여의주를 강타했다.
사실 청룡은 이미 우주에게 많은 피해를 입은 상태였다. 회복을 완전히 못했기 때문에 이곳에서 휴식을 취하고 있었는데, 난데없이 최진수가 들이닥친 것이다.
번개는 여의주를 산산조각 내 버렸다. 청룡은 여의주가 깨지자 그대로 땅으로 쓰러졌다. 땅바닥에 쓰러진 청룡을 내려다보는 최진수는 착잡한 심정이었다. 사실 사대신수는 아무런 잘못이 없다는 사실을 알았기 때문이다.

"인간들이여… 너희는 나를 이렇게 만든 것을 언젠가 후회하고 말 것이다. 그리고 경고하겠다. 지하의 왕을 조심하거라."

청룡은 마지막 말을 끝으로 형체가 사라졌다.

[사대신수, 청룡을 쓰러뜨렸습니다.]

[레벨이 올랐습니다. 레벨이 올랐습니다. 레벨이 올랐…….]

['운정'과 청룡의 각종 랜덤 보상이 지급됩니다.]

"그나저나 강철민, 대단한 걸?"

진법에 당한 청룡을 완벽하게 구속했다.

다시 한번 진법의 효능에 감탄한 최진수가 강철민을 돌아보았다. 강철민은 심각한 표정으로 우주가 나누어 준 광석을 바라보고 있었다.

[적마석 (유니크)]

—불의 힘이 담겨있는 붉은 마석이다.

[청마석 (유니크)]

—물의 힘이 담겨있는 푸른 마석이다.

[회마석 (유니크)]
—혼돈의 힘이 담겨있는 회색 마석이다.

[진법의 재료로 사용했을 시, 2번 더 이용 가능.]

보통 하급 마석은 한번 사용하는 것으로 그 효능을 다하는데, 확실히 유니크급 마석이었다. 어쨌든 청룡을 처리한 청룡팀은 한결 가벼운 마음으로 휴식을 취했다.

* * *

한편, 서쪽의 신수, 백호를 맡은 우주와 구은지는 주변을 수소문해서 지진과 백호에 대한 정보를 구했다.

지진이 한곳에서 난 것이 아니었기 때문에 이렇게 백호가 나타난 곳을 수소문을 하고 있는 것이다.

우주는 백호가 이동하고 있다고 생각했다. 그래서 백호를 본 목격자 위주로 정보를 구하고 있었다.

그렇게 도착한 곳이 바로 대전이었다.

백호를 맡은 백호팀은 우주와 구은지를 필두로, 오미나, 최태수, 강민호, 하대우, 이사랑으로 이루어져 있었다. 작전 따위는 없었다. 백호 역시 우주 혼자서 충분히 잡을 수 있다는 생각이 들었다.

가장 까다로운 신수는 주작이었는데, 강태풍이 주작 팀이었기에 우주는 조심하라는 뜻에서 채민아를 주작 팀으로 파견했다.

백호팀은 정보를 얻는 능력이 굉장히 뛰어나다고 생각했다. 오미나와 이사랑이 한번 밖에 나갔다 들어 올 때 마다, 어마어마한 숫자의 스포츠인들이 오미나와 이사랑을 따라 들어왔다.

최태수와 강민호, 하태우는 여자들의 활약을 지켜보면서 우주와 함께 대전의 술집들을 탐방하고 다녔다.

술집이야말로 정보의 메카였기 때문이다.

얻어낸 정보를 종합해 본 결과, 우주의 예상대로 백호는 지역을 이동하고 있었다. 왜 이동을 하고 있는 것인지는 모르겠지만, 백호를 본 사람들은 모두 백호가 누군가를 찾는 것 같은 느낌을 받았다고 한다. 또 백호에게 구함을 받은 인간들이 생각보다 많았다.

우연히 숲에서 야생동물이나, 몬스터에게 당할 뻔한 인간들을 백호가 구해주었다고 한다.

"결국 지금 백호가 어디 있는지 알아내지는 못했군."

생각을 전환해서 우주는 이번에는 지진이 일어난 곳을 순서대로 정리해보기 시작했다.

지진은 정읍에서 시작해서 익산에서 논산 쪽으로 타고 올라가고 있었다.

이대로 가면 다음 지진이 일어날 장소는 대전이었다.

"대전으로 간다."

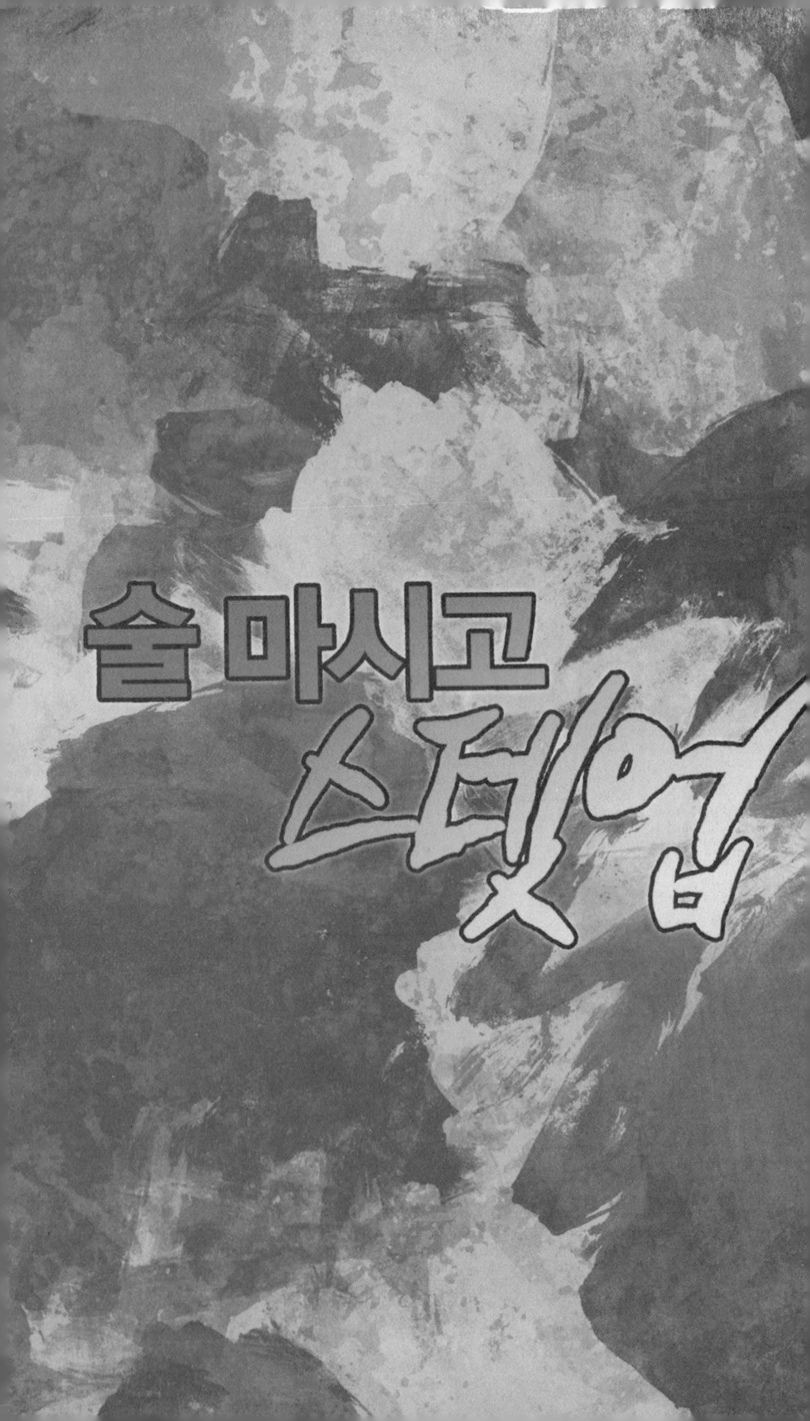
술 마시고
스텝업

마지막 열쇠

백호는 청룡의 별이 떨어지는 것을 보고 청룡의 신상에 무슨 일이 생겼다는 것을 깨달았다. 이럴 땐 다시 신수들끼리 힘을 합쳐야 했다.

얼마 전까지 백호는 초이스라는 놈들을 찾고 있었다.

청룡의 복수를 위해서였다.

그런데 일반인들이 위험해빠진 것을 목격하게 되었고 몇 번 도움을 주기도 했었다. 하지만 지금은 청룡이 당해서 죽었다는 사실을 깨닫고는 다른 신수들과 합류하기 위해서 빠르게 이동하고 있었다.

그리고 백호가 대전에 당도했다.

한편, 백호를 쫓아서 대전으로 향한 우주 일행도 백호와 비슷하게 대전에 당도했다.

"꺄악!!"

최단경로로 주작이 있는 추가령 화산까지 가려다보니, 백호는 대전 시내에 모습을 드러낼 수밖에 없었다. 덕분에 우주 일행은 쉽게 백호를 찾을 수 있었다.

[사대신수, 백호가 모습을 드러냈습니다.]
—서쪽을 수호하는 신수, 백호가 포효하고 있습니다.
—땅의 신수, 주작을 쓰러뜨려라(0/1)
—보상 : 지정, 백호의 랜덤 보상

[수락하시겠습니까? (Y/N)]

수락버튼을 누른 우주가 말했다.

"와. 그동안 못 찾은 게 신기할 정도로 너무 대놓고 돌아다니잖아?"

사람을 해칠 생각은 없는지 백호는 계속해서 달리고 있었다. 이대로 가다간 백호를 놓칠 것 같았다.

우주는 전신에서 주향을 퍼트리면서 백호를 따라서 제운종을 펼쳤다.

"구은지. 시내를 벗어나면 바로 백호를 구속하도록."

“네. 알겠습니다.”

시내.에서 싸우면 피해가 커질 수도 있었다.

그렇기 때문에 우주는 시내 외곽에서 백호와 승부를 겨룰 생각이었다. 우주 일행은 대놓고 백호를 쫓았다.

백호도 누군가가 자신을 쫓아오는 것을 알고 있었다. 시내를 빠져나오자마자 백호는 모습을 드러내는 우주를 마주했다. 전신에서 주향을 가득 풍기는 우주를 보고 주작의 경고를 떠올렸다.

“술 냄새가 나는 인간은 피해라. 혼자서 상대하는 건 너무 위험하다.”

주작의 경고대로라면 술 냄새가 풀풀 나는 우주를 정면으로 상대했다가는 청룡처럼 될 수도 있었다.

하지만 청룡의 복수는 해주고 싶었다.

“네가 청룡을 소멸시켰는가?”

“청룡이 죽었군.”

우주는 다른 네팀의 소식을 듣지 못하고 있다가 백호의 말에 안심을 했다.

신수의 입에서 죽었다는 말이 쉽게 나올 리가 없었다.

원래 하지 말라면 더 하고 싶어지는 법이다. 주작의 경고를 무시한 백호가 우주에게 달려들었다.

우주는 분노로 물든 백호를 보면서 신수 역시 감정을 가진 생물이라고 생각했다. 블랙드래곤 다크니스의 가디언이었던 백호와 사대신수 백호는 전혀 딴 판이었다. 일단 땅 울림과 속도에서 엄청난 차이가 났다.

'이렇게 빠르다고?'

우주는 알코올 속성변환 '쾌속(快速)'을 통해서 속도를 극한으로 끌어올렸다. 그러자 백호와 대등한 스피드를 낼 수 있게 되었다.

백호는 정말 호랑이처럼 공격을 해왔다.

하지만 일반적인 호랑이와 다르게 백호가 움직일 때마다 엄청난 바람이 불었고 땅이 진동했다.

백호의 앞발과 우주의 술병이 부딪혔다. 백호의 눈빛은 신수의 눈빛이라고 보기 힘들 정도로 살의로 번뜩이고 있었다.

"신수들의 유대가 이렇게 깊은지는 몰랐군."

"네놈, 우리 사대신수가 전부 소멸하면 무슨 일이 벌어지는지 알고 이러는 것이냐?"

백호의 말에 우주가 의문을 품고 백호에게 물었다.

"그게 무슨 말이지?"

"너희들은 지금 큰 실수를 하고 있는 것이다."

백호가 으르렁거렸다. 우주는 백호의 말이 신경 쓰였지만 백호를 쓰러뜨려야 한다는 사실은 변함이 없었다.

우주를 주시하던 백호는 땅에서 스멀스멀 기어오는 무언가를 느끼고 하늘로 뛰어올랐다.

구은지의 쇠사슬이 백호를 노리고 쏘아져 갔다.

우주 역시 마그마 쇠사슬을 꺼내서 백호를 구속하기 위해 쇠사슬을 휘둘렀다. 우주와 백호를 뒤따라온 초이스 백호팀이 우주와 합류했다. 구은지의 쇠사슬을 시작으로 하태우가 도를 들고 백호에게 달려들었다.

백호는 달려오는 초이스들을 보고 앞발로 바닥을 찍어 내렸다. 그러자 땅이 흔들거리면서 지면이 솟아올랐다.

하태우가 솟아난 땅에 직격타를 맞고 날아가 버리자 강민호가 솟아오른 지면을 딛고 점프하더니 백호의 앞에 떨어져 내렸다.

"농구선수 출신 초이스를 우습게보지 말라고!"

강민호가 덩크를 내려찍듯이 양손을 깍지 끼고 백호의 머리를 향해 내려찍었다.

"아악!!"

하지만 곧 강민호가 비명을 내지르는 것을 본 우주가 급하게 강민호의 상태를 확인했다. 강기로 주먹을 둘렀음에도 불구하고 강민호의 주먹이 부어 있었다.

"부러지진 않은 것 같은데… 하태우랑 같이 쉬고 있어라."

백호의 두개골이 얼마나 단단하면 강기를 두른 주먹이

부어오른단 말인가? 우주는 오미나와 이사랑을 전투에서 제외시킨 우주가 구은지를 향해서 전음을 보냈다.

"크르릉."

백호와 대치한 상태인 우주는 백호의 스피드를 따라갈 수 있는 것은 자신밖에 없다고 생각했다. 구은지의 쇠사슬이 백호의 움직임에 반응하지 못했을 정도였다.

결국 이 싸움은 우주 혼자 해결해야만 했다. 우주는 백호의 주변을 한바퀴 돌면서 기주를 하나씩 깨기 시작했다. 술 냄새가 퍼지자 백호가 인상을 찌푸렸다.

주도권을 뺐기는 것 같아서 백호가 계속 피어를 일으켰지만 우주에게는 소용없었다.

기본적으로 알코올을 깔아두면서 우주는 어떻게 백호를 제압할지 고민하기 시작했다.

쓸 수 있는 패는 많았다. 술고래도 사용할 수 있었고 템프3로 인해 예전에 썼던 '색다른 알코올'의 스킬도 사용할 수 있었다. 물론 '코로나' 역시 가능했다.

승부의 키포인트는 백호의 스피드를 제지할 수 있느냐, 없느냐에 따라 달려 있었다. 그래서 이번에 우주는 백호를 귀찮게 할 수 있는 존재들을 소환하기로 했다.

"스킬, '타이거' 시전."

[스킬 '타이거'가 시전됩니다. 영물, 호랑이가 소환됩니

다.]

"맹꽁아."

호랑이 한마리와 맹꽁이를 불러낸 우주가 호랑이의 머리 위에 맹꽁이를 올려주었다.

영물 호랑이는 우주의 부름을 받고 현세에 강림해서 주인의 말을 따라 적을 섬멸하려고 했다. 하지만 곧 상대가 백호라는 것을 알게 되자 우주를 돌아보았다. 영물 호랑이가 원망을 하는 눈빛을 보내자 우주가 말했다.

"백호는 오늘 이곳에서 죽는다. 두려워하지 마라!!"

우주의 선언에 영물 호랑이가 고개를 끄덕였다.

호랑이 세계에서 백호는 호랑이들의 왕과 마찬가지였다. 그런 백호가 죽는다면 그 다음 왕은 자신이 될 수도 있었다.

투지를 불태우는 영물 호랑이를 보면서 맹꽁이가 고개를 저었다. 우주가 원하는 것은 틈이었다. 그 틈만 만들어주면 자신들은 충분히 맡은 바 역할을 수행한 것이다.

"감히 호랑이를 소환시키다니!"

동족상잔의 비극을 조장했다고 생각한 백호가 우주를 향해서 달려들었다. 생각보다 백호가 감정적이라는 것을 깨달은 우주는 백호가 틈을 보일 때를 노리기로 했다.

백호가 달려드는 것을 본 우주는 간단하게 짜릿한 맛을

보여주기로 했다.

"윈드 오브 썬더!"

하늘에서 번개가 빗발쳤다. 백호는 청룡이 다루는 구름과 번개의 힘을 우주가 사용하는 것을 보고 우주가 청룡을 소멸시켰다고 생각했다.

점점 백호의 눈빛이 붉게 물들기 시작하는 것을 본 우주가 영물 호랑이에게 신호했다. 영물 호랑이가 백호에게 달려들었다.

백호는 달려든 영물 호랑이를 향해서 날아올랐다.

"아이스 스피어."

영물 호랑이 위에 있던 맹꽁이가 얼음의 창을 만들어서 백호의 이마에 던졌다.

백호는 갑자기 나타난 얼음의 창을 보고도 당황하지 않고 이빨을 사용해서 창을 부러뜨렸다.

"지금!"

백호의 시선이 아이스 스피어와 영물 호랑이에게 집중되었을 때, 이번에는 하늘에서 구은지가 떨어져 내렸다.

땅에서 쇠사슬이 발각되었기 때문에 일부러 하늘을 노린 것이다. 구은지가 하늘로 올라갈 수 있었던 것은 블루문을 보고 새로운 능력을 개방시켰기 때문이다.

그 능력이란 바로 사슬 능력이었다.

남궁민이 이기어검을 사용할 수 있는 것처럼 구은지는

이기어쇄를 사용할 수 있게 된 것이다.

그렇게 이기어쇄를 타고 하늘에서 떨어져 내린 구은지가 쇠사슬로 백호의 전신을 구속했다. 그리고 백무환에게 받았던 수소폭탄을 백호의 바로 밑에 던졌다.

"도망치자!!"

백호의 위에서 영물 호랑이의 등 뒤로 올라탄 구은지가 공격범위를 빠져나가자 수소폭탄이 터졌다.

직후, 우주가 맥주 캔 하나를 따면서 중얼거렸다.

"스킬, '해운대' 시전."

[스킬 '해운대'가 시전됩니다. 지상의 공간을 해운대로 변경합니다. 시전자가 원할 때 공간을 원래대로 되돌릴 수 있습니다.]

수소폭탄이 터진 구덩이가 바다로 변해버렸다.

백호는 1차로 수소폭탄에 타격을 입고 갑작스러운 공간 변동으로 인해 허우적거렸다.

물속에서는 백호가 생각보다 힘을 못 쓰는 것 같았다.

"끝을 내자. 윈드 오브 썬더."

번개가 떨어져 내리자 물속에 있던 백호가 번개를 맞고 실신했다. 이 상태면 백호는 익사로 소멸 당하게 되는 것이다. 공간조작 스킬의 위력이었다.

우주는 미련 없이 공간을 원래대로 되돌려 버렸다.

바다로 변했던 공간이 다시 구덩이로 변하자 백호가 다시 나타났다. 힘겹게 눈을 뜬 백호가 우주에게 말했다.

"크윽, 인간주제에 공간까지 다루다니. 대단하군. 네 놈이 꼭 후회하는 모습을 보고 싶군……."

[백호가 소멸했습니다. 서쪽을 수호하는 땅의 신수, 백호를 쓰러뜨렸습니다.]

[레벨이 올랐습니다. 레벨이 올랐습니다. 레벨이 올랐……]

[보상이 주어집니다. 지정과 백호의 랜덤 보상이 주어집니다.]

"후회?"

우주는 백호의 말을 이해할 수 없었다.

사대신수의 존재가 인간들에게 해가 되면 되었지, 좋지는 않았기 때문이다. 그렇게 사대신수 중 백호를 쓰러뜨린 우주가 다른 팀을 걱정했다.

대부분 비슷한 시각에 사대신수가 있는 곳에 도착한 것을 감안하면 걱정되는 팀은 주작과 현무팀이었다.

"모두 아무 일이 없어야 할 텐데……."

* * *

관광의 도시 부산.

그 부산이 해일로 인해서 침수당해 버렸다.

현무를 쓰러뜨리기 위해 부산으로 온 현무팀은 백무환과 권창우, 남궁민을 필두로 신수아, 장진주, 배찬우, 김한우로 구성되었다.

"완전 강이 되어버렸네요."

근처에서 보트를 대여한 현무팀은 해일의 피해를 입은 사람들을 안타깝게 바라보면서 현무를 탐색했다. 그렇게 주변을 돌아다니던 현무팀은 큰 문제에 봉착했다.

현무팀에서 탐색에 능한 사람이 하나도 없다는 사실을 깨달았기 때문이다.

"어떻게 현무를 찾죠?"

팀의 막내인 장진주가 물었다.

모두가 꿀 먹은 벙어리가 되었을 때 백무환이 말했다.

"걱정 마라. 현무가 있는 곳은 내가 알아낼 수 있으니까."

백가문의 후예이자 대한민국의 수호자인 백무환이 가지고 있는 능력은 신수 초이스였다.

사대신수의 위치 정도는 확실하게 파악할 수 있었다.

"현무는 지금, 해운대에 있다."

사대신수가 가는 곳은 항상 기운이 많이 모인 곳이었다. 한국에서 해운대만큼 인간의 기운이 넘치는 곳은 없었다.

"작전은?"

권창우가 백무환에게 물었다. 사대신수를 제일 잘 아는 백무환이 현무팀의 팀장을 맡았기 때문이다.

"현무의 능력은 물이다. 물이 있는 곳에서라면 녀석을 상대하기 힘들겠지. 현무를 밖으로 끌어낼 수 있는 방법이 있을까?"

백무환의 물음에 팀원들이 고개를 저었다.

수중전투를 경험해본 사람은 없었다.

"그렇다면 전부 폭발시킬 수밖에 없지……."

전부 폭발시킨다는 말에 반응한 것은 권창우였다.

확실히 물속에서 활동하는 현무를 지상으로 끌어올릴 방법은 없었다.

"아니, 어쩌면 가능할 수도……."

"음?"

남궁민의 중얼거림에 모두의 시선이 남궁민에게로 향했다. 남궁민은 조용히 신수아를 돌아봤다.

"왜요? 왜 절 보시는 건데요?!"

앞으로 내세웠다.

신수아가 소환시킨 그리핀이라면 현무를 지상으로 끌어올릴 수 있을 거라고 생각했기 때문이다.

"후, 갑니다. 그리핀 소환!!"

하늘에 나타난 그리핀이 주변을 돌아보았다. 남궁민이 있는 것을 보고 움찔거린 그리핀이 신수아에게 물었다.

"이번에는 무슨 일이지?"

"미안. 이번에도 좀 어려울 것 같아. 바다 밑에 있는 현무를 데리고 지상으로 올라와 줘."

그리핀은 바다 깊은 곳을 노려봤다. 엄청난 기운을 지니고 있는 존재가 바다 속에서 웅크리고 있었다.

"좋아, 속성 상 내가 우위에 있기 때문에 그 정도는 가능할 것 같아. 하지만 물 밖에서 오래는 못 있어."

"알겠어!"

신수아의 대답에 그리핀이 바다 속으로 잠수했다.

그리핀의 모습이 보이지 않게 되자 신수아가 백무환을 보고 말했다.

"들었죠?"

"걱정 마. 나오는 순간 터뜨려 버릴 테니까."

"네, 네. 그리핀만 무사하게 해주세요."

남궁민에게 그리핀이 당했을 때, 정말 아파죽을 뻔 했던 기억을 떠올린 신수아가 백무환에게 부탁했다.

백무환은 어서 빨리 그리핀이 현무를 데리고 나오길 바랐다.

한편, 권창우와 남궁민은 따로 이야기를 나누고 있었다.

백무환에게 일단 맡겨두긴 했지만 만약의 사태를 대비해야 했다. 왜인지는 몰랐지만 권창우와 남궁민은 백무환이 조금 거슬렸다.

"바다는 못 베냐?"

"주먹으로 못 가르니까?"

하지만 권창우와 남궁민도 딱히 좋은 방법이 있지는 않았기 때문에 그리핀과 백무환에게 기대를 걸었다.

물속으로 들어간 그리핀은 웅크리고 있던 현무라는 놈이 움직이기 시작했다는 것을 느꼈다. 물에서 느껴지는 파동 자체가 달라졌기 때문이다.

현무는 지금 굉장히 불안한 상태였다. 사대신수 중에 가장 여린 신수가 바로 현무였다. 청룡과 백호의 빛이 떨어졌다. 사대신수 중 둘이 소멸한 것이다. 이제 남은 신수는 주작과 현무. 둘이 전부였다. 그래서 현무는 지금 다가오고 있는 그리핀을 피해야겠다고 생각했다.

현무는 무슨 일이 있어도 소멸되면 안 되었다.

그는 물의 수호신수이기도 했지만 봉인을 유지하기 위한 힘을 가장 많이 사용하고 있는 신수였기 때문이다.

만약 현무가 소멸된다면 주작이 남았다고 하더라도, 봉인된 녀석은 봉인이 약해졌다는 것을 깨달을 것이 분명했다.

"오지 마!!"

물의 소용돌이가 그리핀의 움직임을 방해하기 시작했다. 그리핀은 현무가 계속해서 도망치려하자 힘차게 날개를 저었다. 이대로 두면 계속 수영을 해야만 했다.

그냥 앞발로 잡아서 끌어올리려고 했는데 힘을 써야만 현무가 좀 얌전해질 것 같아보이자 그리핀이 중얼거렸다.

"썬더."

물속에서 번개를 쓴다는 것은 곧 감전당하라는 말이었다. 짜릿한 충격을 받은 현무는 그리핀과 상성이 맞지 않는다는 것을 깨닫고 더욱 빨리 그리핀에게서 멀어지려고 했다.

"썬더."

하지만 계속 도망치려고 할 때마다 번개가 몸을 때렸다. 전신이 짜릿한 느낌에 현무는 차라리 물 밖으로 나가서 전격을 피해야겠다고 생각했다.

백사장에서 대기하고 있던 백무환과 일행들은 물속에서 나오고 있는 현무를 보고 전투태세를 취했다. 백무환은 오랜만에 다시 만난 현무를 보고 씨익 웃었다. 그렇게 현무가 백사장으로 올라오자 백무환이 중얼거렸다.

"연쇄 폭발."

블루문을 통해 두배 이상 강해진 백무환의 폭발 초이스 능력이 현무를 때렸다. 바다에서 나오자마자 등껍질이 터져나갈 듯한 폭발에 현무는 당황했다. 이 폭발에 대해서는 알고 있었다. 현무가 인간계에서 제일 싫어하는 인간이 자주 쓰던 공격기였다.

"백, 무, 환!!!"

해방의 날, 현무는 백무환부터 가장 먼저 죽여 버리고 싶었다. 하지만 백무환도 열쇠의 일부분이라는 주작의 만류에 일단은 두고 보기로 했는데 그때, 주작이 만류하는 것을 뿌리치고 백무환을 죽였어야 했다.

분명 물속에 들어왔던 몬스터도 저놈의 작품일 것이 분명했다. 현무는 당하고만 있을 수는 없었다. 백무환은 자신이 계획한대로 일이 풀리지 않으면 열불이 터지는 놈이었다. 이대로 순순히 당해준다면 백무환은 사대신수를 한껏 비웃을 것이 분명했다. 현무는 그게 싫었다.

거기다 지금, 백무환에게 죽게 되면 다시 그에게 귀속될 수도 있었다. 청룡과 백호의 능력을 사용하지 않는 것을 보니 청룡과 백호가 백무환에게는 당하지 않았다는 사실을 깨달은 현무는 차라리 그리핀과 싸우다 죽는 것이 더 나을 것 같다는 생각이 들었다. 그 생각이 나자마자 다시 바다로 들어가려는 현무를 보고 백무환이 일행들을 불렀다.

"붙잡아주시죠!"

백무환의 외침에 백무환을 구경하고 있던 현무 팀원들이 달려 나갔다. 다시 바다로 들어간다면 다시 기회가 올 것

같지는 않았기 때문이다. 권창우와 남궁민은 나서지 않고 백무환의 근처에 서 있었다.

백무환은 둘에게 왜 나서지 않았냐고 따지고 싶었다.

하지만 곧 자신이 무슨 짓을 할지 알고 있는 듯한 권창우의 눈빛에 백무환은 가슴이 서늘해졌다.

백무환의 외침에 배찬우와 신수아, 장진주가 앞으로 튀어나갔다. 현무는 달려오는 인간들을 제지하기 위해서 물 채찍을 휘둘렀다.

—탕! 철컥, 탕!

달려 나가는 세명에게 물 채찍이 계속 날아들자 뒤쪽에서 엄호중인 김한우가 총을 쏴서 물 채찍을 터뜨려버렸다. 그렇게 쉬운 일도 아니었지만 어려운 일도 아니었다. 김한우 덕분에 현무에게 따라붙은 셋이 각자의 스킬을 사용했다.

배찬우는 덩치를 배 이상으로 불리면서 현무에게 정면으로 주먹을 뻗었다. 신수아와 장진주는 현무보다 현무를 뒤에서 날아드는 그리핀을 향해 달려들었다.

"그리핀! 윈드 오브 썬더!!"

신수아와 장진주를 낚아챈 그리핀이 현무를 향해서 윈드 오브 썬더를 발출했다. 하늘에서 번개가 떨어져 내리자 현무가 비명을 질렀다. 그 모습을 본 백무환이 현무를 향해서 뛰쳐나갔다.

저대로 현무를 소멸 당하게 둘 수 없었다. 신수 하나는 거대한 에너지와 다름없었다. 백무환이 달려 나가는 것을 본 남궁민과 권창우도 백무환의 뒤를 따랐다.

"안 돼!!"

"번개를 한번 더 떨어뜨려 주겠나?"

백무환의 외침이 들리고 현무는 그리핀을 보고 말했다. 죽음을 원하는 현무의 발언에 그리핀은 달려오는 백무환과 관련이 있다고 생각했다.

곧 그리핀은 신수아가 지시를 내리지 않았는데도 불구하고 현무를 향해서 계속해서 번개를 내리쳤다.

쾅! 파지직, 쾅! 파지직.

"꺅!! 그리핀 멈춰!!"

백무환이 현무에게 다가왔을 때는 이미 현무의 소멸이 진행되고 있는 중이었다.

"고, 고맙……."

백무환은 현무를 소멸시켜버린 그리핀을 매섭게 쏘아보았다. 그리핀은 백무환이 자신을 쏘아보자 같이 째려봐주었다. 그리핀의 잘못은 주인의 잘못이라고 생각한 백무환이 신수아를 쳐다봤다.

"미, 미안. 하하, 나도 그게, 소환수 컨트롤은 처음이라……."

"그래도 이렇게 까지는……!!"

백무환의 목소리가 커지자 옆으로 다가온 남궁민과 권창우가 백무환에게 은근슬쩍 운을 띄웠다.

"소멸했으면 된 거 아닌가? 뭐가 문제인지 잘 모르겠는데."

"혹시 우리에게 말하지 못한 다른 게 있는 건가?"

권창우와 남궁민의 원투펀치를 제대로 맞았는지 백무환은 꿀 먹은 벙어리가 되었다. 권창우와 남궁민이 정확히 정곡을 찔렀기 때문이다. 만약 현무를 다시 포획만 했다면 권창우와 남궁민의 눈치를 보지 않아도 상관없었다.

하지만 기회를 날려버린 이상, 일단은 둘의 눈치를 봐야 했다.

"제가 피니쉬를 날리고 싶었거든요. 쩝."

능청스러운 대답으로 위기를 넘긴 백무환은 휴대전화를 들어서 주작팀에게 전화를 걸었다. 청룡, 백호, 현무의 기운이 백무환에게 느껴지지 않았다. 결국 이제 사대신수 중에 남은 것은 주작밖에 없었다.

한마리의 신수가 급한 백무환은 주작팀의 팀장, 강태풍에게 전화를 걸었다.

* * *

"끝난 건가."

수소폭탄이 터지는 소리와 함께 분화구가 무너져 내렸다. 이하늘은 분화구가 막히는 것을 보면서 끝이라고 생각했다. 미련은 없었다.

자신의 희생으로 사대신수 중 주작을 생매장시켰다는 것에 만족하면서 죽음을 맞이하려던 이하늘은 주작이 날개를 퍼덕이는 것을 보고 눈빛을 번뜩였다.

"끝까지 발버둥을 쳐보겠다는 것이냐!!"

아직 용검은 사라지지 않았다. 이하늘은 펄펄 끓는 용암위에 더 있는 바위 위에서 주작과 대치했다.

"겨우 이런 걸로 날 소멸시킬 수 있다고 생각하는가?

주작이 코웃음을 쳤다. 분화구를 뚫는 것쯤이야 일도 아니었다. 분화구에 흐르고 있는 용암은 주작에게 온탕과 마찬가지였다. 이하늘은 입구가 막히는 것을 보면서 생각이 짧았다는 것을 깨달았다.

주작도 막고 화산 폭발도 막을 수 있는 일석이조의 방법을 생각하다보니, 주작이 살아남을 경우의 수를 생각하지 못했다. 이하늘은 분화구 안으로 들어오길 잘했다고 여겼다. 이 안에서 주작을 쓰러뜨려야겠다고 이하늘은 생각했다. 주작이 이제 하늘을 보는 일은 없을 것이다.

"간다!!"

용검이 다시 주작을 덮쳐갔다. 하지만 분화구 내부는 지리적으로 주작이 너무 유리한 장소였다.

분화구에서 펄펄 끓는 용암을 이용해서 용검을 차단하는 주작을 이하늘은 쓰러뜨릴 수 없었다.

최선을 다했기 때문에 그래도 이하늘은 조금의 시간을 더 버틸 수 있었다. 분화구가 완전히 막힐 때까지 주작을 귀찮게 한 이하늘은 분화구가 막히면서 공기가 차단되자 급격하게 지쳐갔다.

"이대로 끝인가……."

"죽어라."

이하늘은 아무리 공격해도 멀쩡해 보이는 주작을 보고 중얼거렸다. 하늘은 무심하게도 마지막까지 해피엔딩을 바라지 않는 것 같았다.

이하늘이 정말로 삶을 포기했을 때, 분화구가 뚫렸다.

"하늘아!!"

분화구를 뚫고 용암으로 추락하는 와중에도 석창호는 이하늘을 보고 외쳤다. 산을 내려갔을 것이라 생각했던 석창호를 다시 보게 되자 이하늘이 놀라서 외쳤다.

"창호야!!"

"프로텍트 프롬 프리스트(Protect From Priest)!"

구멍이 뚫린 곳에서 밝은 빛이 석창호와 조민기 그리고 이하늘에게 쏘아졌다.

채민아의 보호 아래, 석창호와 조민기가 용암을 밟고 뛰어서 다시 한번 주작을 향해 창룡을 발출했다.

*　*　*

강태풍은 차를 끌고 그대로 추가령 화산으로 올라갔다. 최대한 빠른 속도로 분화구를 다시 열어야 했다.

주작이 분화구 안에서 소멸되지 않았다면 주작을 막고 있는 것은 이하늘이 분명했기 때문이다.

강태풍은 모든 것이 자신의 책임이라고 생각했다. 전략가는 무조건 피해 없이 승리할 수 있는 전략을 짜야만 했다. 그 마음가짐부터 글러먹었던 것이다. 이번에는 마음을 다잡고 주작을 직접 소멸시킬 전략을 짰다.

"신호하면 뚫어주세요."

막힌 분화구를 다시 뚫는 건 어렵지 않을 것이다. 분화구 안에 진입하면 최우선으로 시행할 과제는 이하늘의 구출이었다. 강태풍은 안의 상황이 어떤 지 손바닥 보듯 파악하기 시작했다.

"민아야!!"

"네! 프로텍트 프롬 프리스트!!"

채민아가 쏘아낸 '프리스트의 보호'가 분화구 안으로 들어가자 강태풍이 소리쳤다.

"이설화!!"

"다녀오겠습니다!!"

이번에는 아주 확실하게 주작을 끝낼 생각으로 분화구 안으로 이설화가 뛰어들었다. 그녀의 전신에서 냉기가 가득 뿜어져 나오기 시작했다. 이설화에게서 뿜어지는 냉기 때문에 그녀의 주위가 얼어붙기 시작했다.

공기마저 얼어붙게 만드는 그녀의 기운에 주작의 모든 신경이 이설화에게 집중되었다.

'1차 목표는 이하늘 교관님의 구출입니다.'

이설화는 주작의 시선이 자신에게 집중된 것을 느끼고 얼음 공예를 하기 시작했다. 이번 공예품은 얼음 주작이었다. 주작을 본 따 만든 것이다.

"두번 당할 줄 아느냐!!"

이곳은 주작에게 엄청 유리한 필드였다.

화기가 강한 곳에서 주작은 배 이상의 힘을 쓸 수 있었다. 얼음 주작을 향해서 주작이 공격을 하는 사이 석창호와 조민기가 이하늘에게 당도했다. 이하늘은 이들이 자신을 구하러 왔음을 깨닫고 눈시울이 붉어졌다.

"너희들……."

"이설화가 시선을 끄는 사이에 올라가야 해. 움직일 수 있지?"

"물론."

곧 주작과 이설화가 만들어낸 얼음 주작이 격돌했다.

그때, 셋은 분화구의 구멍으로 탈출을 감행했다.

"흥. 그냥 가게 놔 둘 줄 아느냐!!"

무심한 척하면서도 셋을 신경 쓰고 있던 주작이 용암을 쏘아 올렸다.

하늘에 뚫린 구멍으로 밖으로 나가려던 셋은 밑에서 솟구치는 마그마를 보고 어금니를 꽉 깨물었다.

그대로 올라갔다간 마그마에 그대로 노출 되어 전신이 녹아버릴 수도 있었다.

"인력(引力)."

분화구에 유일하게 뚫려 있는 구멍에서 상황을 파악하던 강태풍이 하늘로 솟구치는 셋을 허공에서 당겼다.

석창호, 조민기, 이하늘은 갑작스럽게 위쪽에서 끌어올리는 힘에 탄력을 받아 마그마보다 더 빨리 지상으로 나올 수 있었다.

"척력(斥力)."

사람들의 뒤를 따라서 마그마가 분화구 밖으로 솟구치려는 순간, 마그마가 미증유의 힘에 밀려 분화구 밖으로는 나오지 못하는 기현상이 펼쳐졌다.

"방금 그건……?"

이 신기한 현상에 밖으로 나온 셋이 강태풍을 돌아보았다. 현재로서는 강태풍 말고는 이 기현상을 설명할 수 있는 사람이 없었다.

"배치 초이스 2단계의 능력입니다."

인력과 척력. 강태풍이 원하는 곳 누구든 이동시킬 수 있는 수단이었다.

"엄호 부탁드립니다. 이설화도 데려와야 합니다. 주작을 얼려버리겠습니다."

분화구 안으로 뛰어드는 강태풍을 보고 주작팀원들은 고개를 저었다.

어떤 방법으로 주작을 얼려버릴 것인지 정말 궁금했다.

"이설화!!"

강태풍이 부르는 목소리에 이설화는 모두 무사히 지상으로 올라갔다는 것을 알 수 있었다.

이설화는 불타오르는 날개에 닿아 점점 녹아가는 얼음주작을 보면서 소리쳤다.

"예. 걱정 마세요! 스노우 허리케인(Snow hurricane)!"

그러자 이설화를 중심으로 눈의 폭풍이 몰아치기 시작했다. 폭풍은 곧 얼음주작을 감싸면서 마그마 일대를 덮어갔다. 마그마까지 얼려버릴 기세로 몰아치는 폭풍은 주작에게 영향을 끼치기 시작했다.

주위의 기온이 어마어마하게 낮아지고 있는 것을 깨달은 주작이 화산을 폭파시켜야겠다고 마음먹었다.

"너희가 원하는 대로 될 것 같으냐!!"

추가령 화산의 기운이 점점 요동치기 시작했다.

이설회는 화산이 요동치는 것을 보고 어금니를 꽉 깨물

었다. 이대로 화산이 폭발하면 또 엄청난 피해가 발생할 것이다. 그렇게 놔둘 수는 없었다.

화산을 통째로 얼려버릴 생각으로 힘의 강도를 높이자, 이설화의 전신이 떨려오기 시작했다.

"이설화!!"

분화구 안을 주시하고 있던 강태풍이 이설화가 부들부들 떠는 것을 보고 무리를 하고 있다는 것을 깨달았다.

무리를 해서라도 주작을 쓰러뜨리고 싶은 마음은 알겠지만 저러면 이하늘과 다를 바가 없었다. 확실히 우주의 말대로 주작을 상대하는 것은 굉장히 까다로웠다.

지금 필요한 것은 주작을 일격에 쓰러뜨릴 수 있는 강력한 한방이었다.

그 강력한 한방을 이설화에게 맡겼었다. 그렇지만 이설화의 얼음 공예도, 눈의 폭풍도 통하지 않았다.

창지기들의 공격은 통하지 않았다. 채민아도 사제였기 때문에 공격에는 특화되지 않았다.

그럼 이제 남은 것은 조시한과 강태풍밖에 없었다.

조시한은 아직 큰 기술을 쓸 수 있을 정도는 되지 않았다. 결국 강태풍이 어떻게든 해야만 했다. 하지만 강태풍은 주작을 쓰러뜨릴 수 있을만한 강력한 공격기를 가지고 있지 않았다.

'생각해라, 생각해. 이대로 끝낼 순 없어!'

강태풍은 스스로 할 수 있는 일들을 생각하기 시작했다. 그가 배치 초이스 2단계, 예측 초이스로 각성하면서 얻은 것은 인력과 척력이 전부였다.

'인력과 척력으로 할 수 있는 것.'

한가지 가능성을 떠올린 강태풍이 망설임 없이 분화구 안으로 뛰어들었다. 이설화가 결국 자신의 기운을 이기지 못하고 쓰러지려 했기 때문이다. 분화구 안으로 떨어져 내린 강태풍은 이설화를 인력으로 당겨서 낚아챘다.

그리고 척력을 이용해 분화구 밖으로 튕겨내었다.

"조시한!!"

"넵!"

위에서 안을 지켜보고 있던 조시한이 맥없이 튕겨져 나가는 이설화를 받아내었다. 엄지를 치켜들어 준 강태풍이 주작을 바라봤다. 얼음 주작의 힘이 약해지면서 녹아내리는 모습이 강태풍의 눈에 들어왔다.

마그마가 끓는 것이 보였다. 곧 화산이 폭발할 것 같았다. 빨리 주작을 쓰러뜨려야겠다고 생각한 강태풍은 왼손에 인력을 오른손에는 척력을 담았다.

"받아 봐."

주작은 이설화를 날려버린 강태풍을 마그마로 집어삼킬 생각이었다. 강태풍은 조금 후면 마그마가 다가올 것을 알고 있었다. 그렇지만 마지막 가능성을 믿고 강태풍은 양손을 주작을 향해서 뻗었다.

왼손에 담겨있던 인력과 오른손에 담겨있던 척력이 한번에 주작을 향해서 뿜어졌다. 인력과 척력이 섞이기 시작하면서 새로운 힘을 탄생시켰다.

전자기력(電磁氣力).

강태풍의 마지막 희망이었다. 강태풍은 전자기력으로 주작을 감쌀 수 있을 정도로 증폭시켰다.

"무슨 짓을 한 것이냐!!"

주작은 강태풍이 쏘아낸 전자기력에 잠식되고 말았다.

전자기력 내부는 전기장과 자기장이 공존하는 공간이었다. 한마디로 전기력과 자기력의 피해를 동시에 받아야 된다는 소리였다.

전기력과 자기력은 기본적으로 전류가 흐르는 곳이었다. 주작은 전자기장의 생성으로 인해서 전류를 공격을 받아야 했다.

"크아악!!"

자연에도 자기장이 흐른다. 지구에 존재하는 자기장은 태양으로부터 불어 닥치는 각종 방사선으로부터 인간을 보호해주는 자기장이었다. 하지만 강태풍이 쏘아낸 전자기장은 각종 방사선에 직접적으로 노출되게 했다.

주작도 처음 느껴보는 고통에 비명을 지를 수밖에 없었다. 그렇게 주작이 힘을 잃어가자, 추가령 화산도 같이 힘을 잃어가기 시작했다. 애초부터 주작의 출현으로 화산활동이 시작된 화산이었기 때문이다.

전류에 노출된 주작이 고통을 받다가 소멸되기 직전 강태풍을 보고 말했다.

"너희… 인간들을 지켜주던 우리를 소멸시킨 대가를 곧… 치르게 될 거다."

강태풍은 주작에게 그게 무슨 말이냐고 따지려 했으나, 때는 이미 주작이 소멸한 뒤였다.

[사대신수, 주작을 쓰러뜨렸습니다.]

[레벨이 올랐습니다. 레벨이 올랐습니다. 레벨이 올랐…….]

['화정'과 주작의 각종 랜덤보상이 지급됩니다.]

강태풍은 허공에 뜨는 메시지를 읽으면서 생각했다.

주작이 마지막에 남긴 말이 너무 마음에 걸렸다.

그때, 강태풍의 스마트폰이 울리기 시작했다.

백무환이었다.

전화를 받은 강태풍은 다짜고짜 주작의 생사를 물어왔다. 그런 백무환을 이상하게 생각했지만 일단 방금 주작을 소멸시켰기에 강태풍이 대답했다.

"방금, 주작을 소멸시켰어."

—제길.

처음엔 잘못 들은 건가 싶었다. 하지만 곧 전화가 끊기자, 강태풍은 잘못 들은 것이 아니라고 생각했다.

"괜찮으십니까?"

지상으로 올라오자, 조시한이 강태풍을 반겼다.

이설화는 기절한 상태였다. 석창호와 이하늘, 조민기도 강태풍을 활약을 치켜세워주었다.

"지금 바로 이동해야겠습니다. 예감이 좋지 않아요. 다른 세팀에게 연락을 취해보세요."

* * *

"제길."

전화를 끊은 백무환은 사대신수가 전부 소멸되었다는 사실을 깨달았다.

"세계가 불타오르고, 번개가 내려치고, 바다가 뒤집히고, 땅이 갈라졌을 때, 구원자가 나타나 사대신수를 원래의 세상으로 돌려보낼 것이다."

사실 백무환은 우주에게 한가지 이야기하지 않은 사실이 있었다. 이 뒤의 예언에 대한 이야기였다.

"사대신수가 전부 사라졌을 때, 재앙이 돌아올 것이다. 재앙을 막기 위해 구원자는 가장 소중한 것을 버려야 할 것이다."

사대신수에게 있어서 소멸은 '이 세계'에서 사라지는 것이다. 그렇다면 사대신수가 사라짐과 동시에 재앙이 발생할 것이라고 백무환은 생각했다.

쿠르릉.

백무환은 무언가 무너져 내리는 소리가 듣고 주변을 살폈다. 주변은 조용했다.

—드디어 풀려났다. 내 목소리가 들리는가?

환청이라 생각했는데 그게 아니었다

분명 머릿속에서 목소리가 들려오고 있었다.

백무환은 목소리를 듣는 순간, 전신에 소름이 돋았다.

"누구야!!"

갑자기 백무환이 소리를 치면서 손을 휘젓자 무슨 일이 있는가 싶어서 남궁민과 권창우가 다가왔다.

—들리는 군. 이제 마지막 열쇠인 네놈만 남았다. 얼른 내가 있는 곳으로 오거라.

[봉인된 지하의 악마, 루시퍼에게 구속당합니다.]

백무환의 눈에 초점이 사라졌다.

권창우와 남궁민은 백무환이 이상 행동을 보이는 것을 보고 잔뜩 경계심을 품었다.

"뭐야…? 어디가!!"

하지만 백무환은 권창우와 남궁민을 신경 쓰지 않고 어딘가로 뛰쳐나갔다. 남궁민이 권창우에게 어떻게 할지 의견을 물었다.

"일단 우리는 모두와 합류하는 것이 좋겠지."

백무환이 왜 저러는지는 나중에 알아보면 될 일이었다.

권창우의 통솔 하에 초이스 현무팀은 UN그룹으로 복귀하기 시작했다.

백무환은 계속해서 달렸다.

루시퍼의 인도에 따라 백무환은 지하로 향하는 게이트로 향하고 있었다. 지하로 향하는 게이트가 있는 곳은 서울이었다.

* * *

쿠르릉.

"무슨 일이죠?"

“뭔가 무너지는 소리가 들린 것 같은데?”

“이상하네. 여기는 이제 마지막 보스방밖에 남지 않은 게이트인데…….”

지예천은 이대로 그냥 보스를 잡으러 갈 것인지, 소리의 진원지를 확인하러 갈 것인지 고민했다.

김예나는 느낌이 좋지 않았다. 빨리 보스를 깨고 게이트를 벗어나야 할 것 같았다.

“가 보자!! 어차피 여기 C급게이트잖아.”

“그냥 들어가죠. 왠지 느낌이 좋지 않아요.”

아영이가 가고 싶어 하는 걸 김예나가 만류했다.

지예천은 우주의 부모님을 돌아봤다. 다수결로 정하는 것이 좋을 것 같아서였다.

“빨리 돌아가서 저녁 준비해야지.”

이주영까지 빠른 게이트 클리어를 원하자 지예천은 망설이지 않고 보스방으로 들어섰다.

소리의 진원지는 나중에 확인해도 되었다.

“그럼 들어갑니다.”

보스방으로 들어서자 보스가 등장했다는 메시지가 떴다.

[C급 게이트(지옥의 하수인)의 보스, 간수장 데빌이 소환됩니다.]

"응?"

[간수장 데빌이 마기의 영향을 받고 지옥의 간수장으로 진화합니다.]

[C급 게이트가 B급 게이트로 변합니다.]

"뭐야?!"

갑작스럽게 C급 게이트가 B급 게이트로 변하다니. 지예천과 우주의 가족들은 불안한 눈빛으로 주위를 둘러보았다.

한단계 차이였지만 C급과 B급의 차이는 어마어마했다.

자칫 방심했다간 보스의 스킬 한번에 비명횡사할 수도 있었다.

"모두 긴장하세요. 뭐가 튀어나올지 모릅니다."

쿵.

잔뜩 긴장한 지예천이 지옥의 간수장을 보고 눈을 부릅떴다. 그가 알고 있던 간수장과 크기부터 달랐다.

"잘도, 이곳까지 탈옥했구나. 지옥으로 돌아가거라!!"

지옥의 간수장은 그들을 탈옥수들이라고 생각하는 것 같았다. 지옥의 간수장이 들고 있던 삼지창을 휘둘렀다.

목표는 제일 선두에 서 있던 지예천이었다.

삼지창을 휘두르는 것을 본 박준우가 소리쳤다.

"좌좌우우, 하상!!"

박준우가 소리치는 순서대로 몸을 움직여서 공격을 피한 지예천이 오른발을 크게 휘둘렀다. 간수장의 목을 노린 공격이었는데 지옥의 간수장, 데빌은 삼지창을 들고 있지 않은 손으로 쉽게 지예천의 발을 잡았다.

"카드 슬래쉬!!"

지예천이 잡히자 이주영이 재빨리 앞으로 나서서 간수장의 팔을 베려고 했다.

"안 돼!!"

"헤이스트!! 스트랭스!!"

박준우가 소리쳤다. 뒤늦게 김예나가 스스로의 몸에 서포트를 부과하면서 앞으로 치고 나갔다.

이주영이 카드를 긁을 때, 간수장의 삼지창이 이주영을 후려치려고 하고 있었기 때문이다.

'늦었다. 어서 바꿔치기를…….'

김예나가 그렇게 생각한 순간, 지예천이 간수장의 팔에서 벗어나서 재빨리 이주영을 뒤로 밀쳤다.

퍼억—

삼지창의 창대를 발로 밀어서 간수장의 창대를 막아낸 지예천이 소리쳤다.

"모두 뒤로 물러서세요!!"

간수장을 어설프게 상대했다가는 누군가 다칠 것 같았다. 지예천은 김예나에게 가족들의 보호를 맡기고 발목을 돌렸다.

"지옥의 간수장인지 뭔지는 모르겠는데, 사람 잘못 건드렸어."

요즘 잡기 쉬운 몬스터들만 상대하다보니 정신상태가 늘어져 있었다. 지예천은 천천히 예전의 감각을 떠올리면서 간수장을 향해서 걸어갔다.

간수장은 지예천의 분위기가 바뀐 것을 보고 삼지창을 돌리기 시작했다. 허투로 상대할 인간이 아니라는 것을 깨달은 것 같았다.

그리고 삼지창이 멈추는 순간, 지예천이 사라졌다.

다시 지예천이 나타났을 때, 그는 삼지창을 밟고 달리고 있었다. 간수장은 지예천을 떨어뜨리기 위해 삼지창을 흔들었다. 삼지창이 들어 올려지자 지예천이 삼지창을 박차고 점프했다.

"화룡각(火龍脚)."

지예천의 다리에서 화룡 한마리가 튀어나왔다. 지예천의 화룡을 본 간수장이 방금 전 누군가가 전해준 마기를 끌어올렸다. 그러자 마기가 스스로 움직여서 지예천에게 쏘아진 화룡을 막아주었다.

지예천은 저 끈적끈적한 마기가 불쾌했다. 마기가 화룡

을 막아내는 것을 본 지예천은 공중에서 떨어져 내리면서 다시 한번 왼발로 화룡각을 시전했다.

간수장은 시간차로 다가오는 화룡을 보면서 이번에는 삼지창을 휘둘렀다. 마치 두명과 싸우는 느낌을 받은 지예천이 입술을 꽉 깨물었다.

마기를 뚫은 채로 간수장을 그대로 관통하는 수밖에 없었다. 다시 지상에 내려선 지예천은 다리를 꾹꾹 눌렀다. 큰 기술을 쓸 준비를 하는 것이다.

그때, 간수장의 상태가 이상해지기 시작했다.

전신이 보랏빛으로 물들면서 눈이 붉게 변한 간수장이 지예천을 향해서 삼지창을 휘둘렀다.

"헤이스트, 스트랭스, 디텍티브센스."

그때 지예천에게 김예나가 서포트를 걸어주었다.

서포트가 걸린 순간, 지예천은 전과 다른 움직임을 보였다. 조금만 움직여도 쭉쭉 뻗어가는 몸을 느끼면서 지예천은 삼지창을 가볍게 피해냈다.

화르륵.

지예천이 지면을 박차고 달리기 시작했다.

지예천이 달리는 곳으로 불길이 일어나자 간수장도 삼지창을 돌렸다. 끝을 볼 생각인 것 같았다.

"어디 한번, 이것도 받아봐라!!"

지예천이 간수장의 가슴을 향해서 도약했다.

"화룡정점(畵龍點睛)!!"

우주의 발끝에서 시작된 화룡이 간수장의 가슴 한곳을 향해서 꽂혀 들어갔다.

화룡각을 펼쳤을 때보다 배 이상 큰 크기였다.

간수장 역시 삼지창에서 구렁이 한마리가 모습을 드러내면서 화룡과 맞부딪혔다. 구렁이는 화룡을 물려고 했지만 화룡이 입을 벌리고 포효하자 너무나도 쉽게 화룡에게 삼켜졌다. 삼지창이 부서지면서 간수장의 가슴에 지예천의 다리가 명중했다.

펑!!

강력한 폭발음이 들려왔다. 우주의 가족들은 상반신이 날아간 지옥의 간수장을 볼 수 있었다.

[B급게이트, 지옥의 간수장 데빌이 쓰러졌습니다. 게이트가 활성화됩니다.]

[마기를 지닌 몬스터를 쓰러뜨리셨습니다. 마기를 지닌 몬스터들이 적대하기 시작합니다.]

[레벨이 올랐습니다. 보상이 주어집니다. '마기의 조각'을 획득합니다.]

계속해서 울리는 알람을 보면서 지예천은 심각한 표정을 지었다. '마기'라는 힘에 대해서는 알려진 바가 없었다. 그런데 이렇게 갑자기 나타나는 것을 보며 세계에 무언가 큰 영향을 끼칠 것 같았기 때문이다.

쿠르릉.

보스 몬스터를 쓰러뜨리고 게이트 밖으로 나온 지예천은 다시 이상한 소리가 들리자 게이트가 있던 곳을 바라보았다. B급 게이트가 무너져 내리고 있었다.

게이트가 무너질 수 있다는 소리는 아직 들어보지 못했기 때문에 지예천과 우주의 가족들은 신기한 표정으로 게이트가 무너지는 것을 지켜보았다.

그렇게 게이트가 무너져 내리고 모습을 드러낸 것은 어마어마한 구덩이였다. 구덩이 안에서 새어나오는 마기를 느낀 지예천이 우주의 가족들과 김예나를 데리고 대피했다.

어서 빨리 이 사실을 우주에게 알려야만 했다.

"돌아가요. 무슨 일이 발생한 것이 틀림없습니다."

"그, 그래."

하마터면 죽을 뻔한 경험을 해서 그런지 우주의 가족들은 상당히 얼어붙어 있는 상태였다. 지예천은 그렇게 가족들을 차에 태워서 집으로 출발하려고 했다.

지예천이 조수석에 아영을 태우고 운전석으로 타려고 했을 때, 엄청난 속도로 구덩이 쪽으로 달려드는 사람이 보였다.

"초이스?"
"왜 그래?"
"아니야."
'게이트가 무너진 직후에 나타난 초이스라니…….'
매우 수상한 느낌이 들었다. 그러나 지예천은 얌전히 운전석에 탑승했다. 어떻게 이곳을 알고 저 초이스가 찾아왔는지 알아내고 싶었지만, 지금 중요한 것은 구덩이의 정체에 대해서 알아내는 것이 아니었다.
가족들의 안전, 지예천은 그것만 생각하면서 우주에게 어떻게 보고를 해야 될지 고민하기 시작했다.

〈다음 권에 계속〉